Ludwig Weibel
Haben dir's die Sterne angetan
Dem unaussprechlich reinen Sein entgegen

Books on Demand

Bibliographische Information der Deutschen Nationalbibliothek
Die Deutsche Nationalbibliothek verzeichnet diese Publikation in der deutschen Nationalbibliographie, detaillierte bibliographische Daten sind im Internet über http://dnb.dnb.de abrufbar.

© 2015 Autor: Ludwig Weibel
Herstellung und Verlag:
BoD – Books on Demand, Norderstedt
ISBN 9783739244105

Ludwig Weibel

Haben dir's die Sterne angetan

Inhalt

Sinngehalt der Sterne

1.1

Rein im Lichte darf Ich stehn, von Himmels-
freundlichkeit umgeben. Bewusst, behutsam und
beseligt seh Ich Mich im Sein geborgen, das Ich Bin
und das in seinsgalanter Weise seinen Zustand vor
sich selber offenbart im Wortverspielen. Das
Geschehnis des Erkennens Meiner Gründe bringt die
Saiten einer wohlgestimmten Harmonie zum
Klingen, deren schwebende Präsenz kein Ende findet
im von Mir durchlebten Medium der immer-
währenden Wahrhaftigkeit im Guten.

Ton in Ton und Trautheit in Gediegenheit und Milde
seh Ich um Mich wallen in begeisternder Manier in
dieser Stunde des Erhabenseins und des Beglückt-
seins ohne jeden Zweifels Spur in der getragnen
Lauterkeit der Sphären. Freiheit will Ich nennen, was
Mich hier bewegt und Frohgemutes-in-die-Ferne-
Schreiten-einer-wonnevollen-Zeit, die Sanftmut
atmet und in sich gefasste Heiterkeit des Werdens
aus Bewusstheit und Erwählen.

Wohlbekanntes mengt sich mit zutiefst Errungenem
in wacher Stille und gestaltet sich zu festlicher
Bravour im Kleid der Unbeschwertheit und des
leichtgefügten Sagens. Meine Machart ist der
Munterkeit der Sternenwelt entstiegen, Meine
Schritte sind sich selbst Idol, und Meines Wun-
derwirkens Gabe zeugt von Edelmütigkeit an sich
und von Geschlossenheit des Bildens, die beständig
in sich selber ruht im Ruhverteilen.

Gewinn ist auch Gewichten des Gewollten und des
Ledigwerdens von gewissen Minderungen, die mit
jedem Sich-Gestaltenden einhergehn, Wahrheit
bildend und das Richtige betonend in des Seins
Gewähr. Zu Recht erkannt als unbescholten in
vollkommner Grazie des Erscheinens, weiss sich das
Erstaunliche gekonnt vom Flitter des Banalen
abzuheben, um im Eigensein das Herzblut des

Beschauers zu bewegen. Nie und nimmer wird es sich der Kritik der Banausen beugen, die, des Schaffens unklug, zähnefletschend ihrer Wege ziehn. Güte treibend und begütigend gewährt das Fabelhafte aller Welt die Trefflichkeit des Friedens und den Wohllaut reiner Schönheit, der von Seel' zu Seele widerhallt im Raumverklingen.

Wachheit ist der Würdigen Los, und Wille zum Verklären prägt ihr Walten in Geruhsamkeit und immerwährendem Bestreben wahr zu sein und weise, licht und herzensfroh. Hellen Sinnes mehren die gewissenhaften Hüter des Unendlichen den Glanz der Zuversichtlichkeit und malen Stärke, Redlichkeit und Wohlfahrt in den Himmel der Gerechten.

1.2

Leichtes Spiel ist hier getan in der Weichheit der Gedanken, wie der Heiterkeit des Herzens, die dem lauschenden Gemüt von Freude, Friedefertigkeit und Dankbarkeit erzählen. Jede Geste des Gewissens strahlt der Welt Begeisterung, Beseeltheit und Geruhsamkeit entgegen; jeder noch so kleine Seinsgedanke ist im Irdischen schon gross und hebt sich rauschend, jauchzend über die Gebilde der Geschwister, die noch den Makel unbewusster Schwere an sich tragen.

«Abgeschiedenheit ist Meine Stärke», darf der Weise von sich sagen, denn wovon er sich enthält, ist ihm nichts nütze auf dem Weg zu höherer Einsicht und zu Seinsgelassenheit im Trubel der Geschichte. Blütenrein wird ihm der Lebenslauf erscheinen allsobald, wie seine eigenwilligen Künste sich zur Ruh gelegt und andern, hocherhabenen den Vorrang und die Ehr erwiesen haben. Als lächerlich erweist sich vieles, was die Weltenkinder noch mit soviel Vehemenz erstreben; Beute sind sie ihrer Lust nach

sinnlichem Vergnügen, wie nach stetem Sich-Ver-
zetteln an die biedern, lieben Dinge der Bequem-
lichkeit und Ruhelosigkeit in ihrer Lebenslotterie.
Behutsam gleitet der geschärfte Blick dem
blümchenreichen Hang entlang und bringt der
Vielfalt des Gedeihens seine Referenz entgegen.
Einfach scheint, was zur Vollkommenheit gediehen;
wonnestrahlend ist, was uns Natürlichkeit beschert
und auch von höchstem Nutzen für die
weiterführende Potenz des Lebens, die da will sich
selbst ins Unergründliche erheben.
Licht und fein sind die Gespinste wahrer Andacht
um den Seelenkeim gelegt, beschützend und ermun-
ternd, einer unbeschwerten Zuversicht entgegen.
Vertrauen zahlt sich aus und Seinsvertrauen lässt die
Quellen sprudeln immerwährender Geschicklichkeit
im Unbescholten-durch-die-TageGehn. Gewandtheit ist der Gütigen Los und freudespendend ihr
dezentes Streben. Was sie preisen, ist ein Nichts, das
ihnen hilft und das im Alles sich begründet um sie
her in Lauterkeit, Holdseligkeit und inniglich
geschauter Süsse des Belebens. Niemand kennt das
Einzelne als der; dem sich Unendliches erschlossen;
unsagbar vernünftig ist die Weise, die dem Weiselosen in Bescheidenheit entströmt und lächelndem
Vergeben.

1.3

Was wir in Liebe säen, ernten wir in Freude, Kraft
und Zuversicht am Leben. Ewiger Fluss des Guten,
tauche nur und tauche Mich in deiner Fluten
köstliches Erlaben; hilf den Stammelnden zum Wort,
und trage Licht und Seligkeit zu den Betrübten.
Immer lässest du dein Fluidum um die Geliebten
deiner Herrschaft spielen; unversieglichen Geflü-
sters führst du die Getreuen deiner Wahl zu
auserlesenen Gefilden reiner Anmut und erquick-

lichem Erspriessen. Deine Züge sind ein' jedem nah, der in Ergebenheit und Milde ihrer harrt und sein Gedulden in die Länge zieht erwartungsvoller Jahre, bis das überwältigende, überirdische Begrüssen ihm die Sphären öffnet wundersamen Glanzes, inniglicher Seelenheilkraft und unendlichen Gedeihens.

Alleweil erscheint der Lebenslauf erbaulich und erstrebenswert dem, der erkennend seiner Glorie sich bewusst wird und ihm dienend seiner Hände Werk als Liebesgabe weiht zu seinem und des Ewigen Genügen. Wieviel Heiterkeit entströmt dem Willen, endlich Güte vor Gewalt zu setzen; welche Leichtigkeit des Herzens überkommt den Weisen, der begreifend ohne Tadel seiner Wege Vielverschlungenheit einhergeht, wie zu einem Fest geladen.

Stellt sich etwas quer, so nimmt ers seinsgelassen und befindet ohne Zögern über sein in jedem Fall erspriesslich Weitergehn. Warmen Sinnens weckt er Sympathien in den Frostigen, die ihn umgeben und bewegt sie zu gerechtem Handeln an der Welt und an den Angelegenheiten ihres Strebens. So wendet sich der Lauf der Gegensätze mählich doch zum einigen Verrichten einer grossen Tat im Strom der Evolution, der alles in sich trägt als Werdendes und zu Vollendendes in aberwilligen Zeiten. Helfende sind Heilende am Werk des weiterklingenden Befriedens der Gemüter, wie am Fördern wahrer Einsicht in die Seinsgesetze, die zu Ebenmässigkeit und Wonne führen.

Wer sich traut im Lebenszug hinangesetzt zu werden, weiss um die Gewalten, die dahinter stehn und setzt sich ihrem Bann mit Liebeskraft entgegen. Weisheit ist nicht zahm, und Unschuld ist nicht blöde, wenn es darum geht, sich innig zu behaupten und auf einer Einsicht zu bestehn. Freudig, nonchalant und seinsbegeistert tragen Wache ihre Früchte vor die ewigen Augen der Gerechtigkeit und Milde und verneigen sich vor Dem, der alles gibt und nimmt im Allumfangen.

1.4

Wie kommen wir dahin, nach Recht und Billigkeit zu fragen, wo doch das Rechte in uns west in unvermittelbarer Klarheit als Produkt des Seinsgewissens, demwir alle untertan. Soviel Wirrsal ist nicht mehr vonnöten,wenn das Menschenherz das Unerschrokkne einsieht, das es trägt und hegt und weiterführt auf seinen Bahnen.

Haben dir's die Sterne angetan? Dann lausche ihrem Sang der Stetigkeit, des Strahlens und des Uberwindens aber-grosser Zeiten in der Weisheit der vom Sein gepflegten Sphären. Kreisend hüllen sie dich ein und wenden, was du bist, zum Besseren und Guten zweifellos im allgestaltenden Begehren. Es verkreisen sich in dir Atome der Vergänglichkeit, das Unvergängliche durchschwimmend, das sich alles bildet und in sich bewegt.

Weltenschöpfertum beim Namen nennen müssen wir, wo Wissenschaftlichkeit die wohlverdiente Grenze findet und das Offenbare ins Verborg'ne taucht, dem wir zuinnerst angehören. Ein Spiel ists flotten Denkens und noch flotteren Erkennens, das wir vor uns treiben. Rädelsführer sind wir unbewusster Motivationen, deren Pulse uns und alle Welt zum Brodeln bringen und zum Bersten, wenn es gilt, ein Neues, Majestätischeres hochzuziehn. Wie ein mächtiger Baum wächst auch das Menschentum der Himmelsherrlichkeit entgegen, Früchte bringend sonder Zahl in schicksalsschwerem Brüten. Wie das Einzelne so strebt das Ganze dem Vollenden zu, das Mass erfüllend grosser Ideale, die vor ihm in den Sternen stehn. So bringt dich, was du suchst, beständig weiter im Versteckenspielen; so schüttest du dein Scherflein in ein Meer von Absicht und Verlangen, von Versuch, Erfolg und heiterem

Geniessen, von Wahrhaftigkeit und Tugend, die dich zum Begreifen deiner Seinsgeschäfte führen.

Raben sind wie Tauben auf dem Flug zur Meisterschaft im Sich-Erleben; Treue tragen unbeirrt ihr Liedchen vor, bis sie im Widerhall der Freude ganz erlöst und ganz gediegen vor den Abenteuern stehn, die sie bestanden.

Wohlfahrt kommt vom Nutzen der Gelegenheiten, mehr zu sein als vordem in der Reihenfolge guter Taten, die vom Bodenständigen bis in die höchsten Himmel reichen, wo das Sein zum Fest wird und die Seienden sich ehrfurchtsvoll in Wonne und Holdseligkeit die Hände reichen.

1.5

Ich Bin dir Weisung, Schutz und Weihe einem Höheren zu in deinen Lebenständeleien. Kein Lauf und kein Spaziergang werden ohne Mich getan, seis im bewegten Menschenleib, seis nur im Fischlein hinter Glas im glotzenden Vorübergleiten.

Sei Mir nicht bös, wenn Ich dich auf die Stufe setze eines Kindchens in den ersten Jahren seines Prosperierens. Noch lange nicht hast du gelernt dein wallendes Gemüt zu pflegen, wie man Gärten anlegt und behütet, bis sie eine Pracht sind an dezenten Farben, Düften und verspielten Formen in geschmeidiger Natürlichkeit und immerwährendem Bewegen. «Hat dein Wille Löwenzähne», frag Ich dich, und schon musst du gestehn, dass er nur allzuoft kaum dem Gebisschen eines Mäuschens gleicht in seinem zimperlichen Wagen. Genauso trägt dein Denken kaum die Kühnheit wahrer Tugend, Seinsgerechtigkeit und Menschenliebe, ohne die nur Stückwerk ist, was du dir eigentlich bedeuten solltest in den biographischen Annalen.

Doch Ich komme in den Nächten deiner Unbeholfenheit zu dir allwie ein scheues Wiesel und belehre dich in dem, was dir noch fehlt an Zauberhaftem, Maienblühenden und Seinsnatürlichen, in das Ich Meine Kraft, Mein Sehnen und Mein überwaltendes Gebieten weis gelegt, um alles noch zu ordnen nach Gediegenheit und Sitte, Schönheit, Wohlverstand und Meisterschaft im Inszenieren. Stellst du dich als Lernender in Meine Dienste, darfst du auf die Siegespalme hoffen, die dein Antlitz trefflich ziert und deinen Namen über Kontinente trägt zu Freud und Nutzen der Gemeinde der Geborenen.

Jeder Unbill stellst du dich mit Vehemenz entgegen, Meiner Kräfte eingedenk, die dir auf ewig zur Verfügung stehn. Du bildest, was Ich bilde, in Gelehrigkeit und gutem Willen in den Tagen deines vorwärtsdrängenden Elans. Du erntest Meiner Früchte Schale, wenn dein Sinn nach Meinem steht wie eine Fahne, die dem Wind sich willenlos dahingegeben.

Gestatte dir kein Yota eines Unterwanderns Meiner weisenden Gesetze, trau dem Tag als Meinem, und benimm dich wie ein Fahrender, der Hand nach Hand zum Mund führt, wohlbedacht mit Meinen Gaben. Heile Wunden, wo du sachte dich als Arzt erweisen kannst, und helle Horizonte auf, die sich dem Trübsinn hingegeben. In Mir allein begründet sich der Sonnenliebe Strahl, der alles adelt, mehrt und stählt, dem unaussprechlich reinen Sein entgegen.

1.6

Froh im Springen, wohlgemut im Ruhn ist die Bilanz des abgeklärten Seelenseins im Ewigen. Du sollst nicht rechten, ob die Dinge dieser Welt dir gute oder miserable Paten sind auf deiner Reise durch die aufeinander –folgenden Lebendigkeiten; denn im

Grunde ist es eines andern, höheren Sache, die da abläuft wie am Schnürchen einer abergrandiosen Ausdrucksfähig-keit im Kommen und Vergehn.

Hast du dies begriffen, meidest du's ein Urteil über Soll und Haben, Treu und Glauben, Missklang und Gerechtigkeit von dir zu geben, denn solches steht dir nimmer zu. Wachsam sein und inne werden deines wahren Auftrags am Geschehn der Zeiten ist dein Los. So schmiegst du dich ins Ewige, als dessen Teil und Beirat du dich selbst erkennst und dem du helfend oder widerstrebend deine Züge leihst im Handeln wie im Stillestehn.

Vortritt lassen ist Gesetz der Höflichkeit und gilt auch hier, wo soviel auf dem Spiele steht des evolutionenträchtigen Gebarens. Jedes Drängeln bricht das Herz des Porzellans, jeder unbedachte Schritt kann eine Welt zerstören. Nur im Seins-vertrauen liegt das zielbewusste Vorwärtswallen; in der Anmut des Dich-selbst-Verwandeins öffnen sich dir Horizonte unsagbarer Lieblichkeit, die dich vergessen lassen jedes Brüten, Brodeln, Meckern und Am-Unverstand-der-Mächtigen-Vergehn.

Leg die Scherben deiner Existenz ins Sonnengluten einer neuen Andacht, die aus Liebe zum Erhabenen besteht und aus dem festen Willen, weiter als bis an die Grenzen deiner Kleinlichkeit zu stossen. Jede Flamme zeigt dir, was es heisst, an Grösse, Leucht-kraft und Verströmen zuzulegen; jede mutige Tat soll dir ein Beispiel sein zu eignem Unternehmen; denn kein Geringeres als Es vermehrt die Kräfte deines Strebens und begünstigt, was du immer willst in deinem seinsbeständigen Gebieten.

Vorwärts, hinwärts zu den Vätern deines Scintil-lierens sollst du eilen, während du in dir verweilst als in dem Heiligtum der höchsten Ideale und der Lauterkeit, die deinem Handeln Glanz und Würde, Langmut und Gedeihen zugestehn.

Lass es sein, dass dich Gelassenheit umfängt im

Trubel deiner Ambitionen und Heiterkeit des Herzens deine Stille ist im Sturm, wie deine Leuchte im Dich-unerschütterlichVergeben.

1.7

Was sich entwickelt, wickelt sich auch ein. Es nimmt und gibt und macht sich lang und breit, bescheiden, unverschämt, je nach der Wirkung, die es will erzielen. Was zu beachten ist, sei dir nun ein für allemal ins Herz geschrieben: Mach dich frei von Eigenwilligkeiten. Nur der Stümper will sich selbst entfalten und vergisst dabei die Welt um ihn, die voll von Rechten, Pflichten und geheimnisvollem Weben Anteil hat an allem, was er ist und werden soll in seiner Euphorie des Wachsens und Sich-selbst-Behauptens.

Sei, o sei so klug, in jedem deiner Griffe einen Griff ins Weltenall zu sehn, der nimmermehr verblasst und dem du hörig wirst für unbestimmte Zeiten. Wirkung, einmal aufgetan, kann sich dann nie mehr in sich selbst verschliessen. Hör auf das Gebimbel und Geklingel einer Rundumszenene, die alles in sich schliesst, was ist, und sage: Das Bin Ich, in Meinem Mich-Behüten und Vergüten, Meinem Drängen und Versengen, Meinem Tun und Lassen irgendwo.

Stell dich in den Sinngehalt der Sterne, und du wirst Genosse ihres Webens und Gespan. Was dich dann bewegt, magst du nicht sagen, weil du keinen Ausbruch suchst aus der vollkommnen Harmonie, in der du dich verschwebst, und alledem dich öffnest, was dich weisen und bereichern kann. Es fahren Kräfte, Mächte und Gewalten über deine Horizonte und vermählen sich mit dir, so wie mit allem, was da kreucht und fleucht und sich wie wild gebärdet in Begeisterung und Wohlgefälligkeit am Leben.

Eine Stufe tritt hinan und dann noch zwei und

weitere und viele, bis du Aussicht hast auf einen Kranz von thronenden Giganten, die ihr Sosein ebenfalls dem SchrittchenTun verdanken. Nichts wird ohne Andacht gross und Vorbedacht und unerbittliches Erwählen. Kenner, Könner und Gewiefte müssen sich wie jedermann die Finger erst verbrennen, bis sie wahrhaft weis geworden sind in ihrem Sich-Veräussern, wie im Sich-im-Seligen-Bewahren, das sie sinnend sich errungen haben.

Eine Bitte stösst Mir auf: Du mögest dich gedulden, wenn, was du forderst, förderst und betreust nicht sogleich in den Stand des Seinserfüllens tritt, weil doch die grossen Dinge ihren Lauf in Millionen erst vollenden und das Gigantische wie Zierliche dabei gekonnt in eins zusammenfassen einer einzigen Woge des Geschehns. Zeig dich hoffend, tatenfroh und simultan dem Unerforschlichen und sei, von Wonne und Genügsamkeit geflissentlich durchwoben.

1.8

Bewahre dich im Sein, und geh darin den Weg der Friedefertigkeit und des Entzückens an der Dingwelt, wie der
Wunderwirklichkeit der Sphären. Güte strömt zum Gutsein in der Tat und wirkt bedeutungsvolles Weilen in den Regionen der Gottseligkeit, die dich umhüllen und durchdringen. Du schweigst, derweil die Himmelchöre Lieder singen von unendlich lindem Klang, der stillend und erfüllend deine Wesenswelt durchwallt und mehr und mehr dein Freuden-sein begründet und behütet in der lichtgeword'nen Ruh.

Nun sag Ich Dir: «Das Aufblühn der Holdseligkeit liegt im Bewusstsein deiner selbst nach langem, weitgedehnten Suchen.» Es hat sich dir ein fortgesetztes Ahnen als die Wirklichkeit erwiesen, die Zerschlagnes heilt, und deren Unbescholtenheit den Nachklang heisser Tränen auswischt und dir wie die liebe, heitere Sonne Klarheit, Wohlgeborgenheit und Andacht vor das Schauen zaubert. Wisse dich im Sosein für Unendlichkeiten aufgehoben und erfahre, was es heisst, ein Sorgenbündel abzuladen und beschwingt und frei dem Künftigen, Beseligenden zuzuschreiten.

Komm, und trage dich ins Buch der Reinen, die von Trug und Tücke nichts verstehn. Halte Zwiesprach mit dem Angesicht des Cherubim, des Züge in sich selber leuchten und des Wesen Herzlichkeit verstrahlt und Zartheit des Empfindens. Wiege dich im Sein der Unschuld und im freudigen Bedenken deines Einigseins mit dem, was Ist und was dem Dasein Schwung verleiht und Adel, Wohllaut und Gediegenheit, Bewusstsein, Wonne und Befrieden.

Nie erlahmen sollst du im Bestreben Schwebeleichtigkeit und Heiterkeit zu intonieren, währenddem du auf dem Strom des Lebens wie die festgeschmückte Barke deines Weges ziehst. Es soll dein Ruf bis in die fernsten Lande dringen - des Befreitseins von den Nöten und des lächelnden Dich-Fühlens in den Himmeln der Geborgenheit und Ruh. Was hat dir Salomon vermessen: Eine Weisheit sondergleichen, die dich selber nun betrifft und dich gewogen macht, dem Unergründlichen zu dienen und gedankenfroh sein Erbe anzutreten. Mehr als Hoffnung, heiliger als deines Herzens Tabernakel ist der Schrein des Weiselosen, den du nun betrittst und der geheimnisvollen Strahlens alles aufhebt in Glückseligkeit und Milde, was du bist und dir Gefieder ist zum Flug in unermessne Weiten. Was du wolltest ist hier aufgetan, was du immer dir ersehntest - vor den Sinn gelegt und vor dein Schauens Ebenmässigkeit im ewigen Verblauen.

1.9

Erfahre, dass des Weltendenkens Souveränität dein Wesen prägt und prägte durch Äonen. Es hebt dein Selbstgefühl, wenn du dir inne wirst, in welchem Mass du nichtig bist vor dir und wo du Bist ein Überschauendes von Rang und Namen. Seinsgeschöpf und Schöpfer schmelzen da zusammen, wo die Einsicht herrscht ins ewige Getriebe und der Stand der Dinge nicht beurteilt wird nach quirlenden Vergänglichkeiten, sondern nach dem Walten unabänderlichen Wollens in der Sphärenstrategie.

Du kommst und gehst, und mit dir tritt Unendliches auf dieses Lebens Bühne, um sein Stück in dir zu spielen. Bist du schmiegsam und gelehrig unnd spielst mit wies sein soll, kann der Auftritt wohl gelingen. Lässest du dich im geringsten nur von Fremdgedanken irritieren, schlägst du bald die falschen Tasten und verdirbst, was unbeschwert begann, zu einem Mischmasch von bedauernswerten Tönen. Nur das reine In-dir-Weilens ist vor aller Augen schön und bringt Stimmung ins Gemüt der Lauschenden und Andacht in die Halle des Vereinens vieler Eigenwilligkeiten zur dezenten Harmonie.

Ebnest du den Reichen überirdischer Vernunft den Weg in deine Tale, trittst du wie ein Herold der Holdseligkeit in deine Bahn und lächelst aller Unruh Seinsbeständigkeit und Seelensicherheit entgegen. Noch im grössten Unsinn deiner Sinne mächtig, traust du dich, das Lebenssteuer grad zu halten auf dem Kurs zum weihevollen Ziel. Die Sehnsucht nach vollendetem Gebaren führt dich sorglich durch die Schlingen einer Welt des Unverstands, des Jammerns und der trügerischen Bilder, die sich den Naiven vor die Augen schieben.

Wacht zur Nacht, zum Tage wie zum grellen Mittagssonnenstrahl ist dir vonnöten, wenn du dich keines Fehltritts zeihen willst im lebelangen

Schreiten zur Beständigkeit und Herzensruh. Sei gross im Kleinen und erwarte nicht Geschenke, wo du selber dich verschenken solltest an den Tross von Gläubigen, die dich umstehn, und deren offne Münder lechzen nach Belehrung durch ein Vorbild reiner Gottgefälligkeit im Grünen.

Weihe dich, und sei des Lebens glühendes Idol, indem du treu bist deinem Streben nach Bescheidenheit im Dienen wie nach absoluter Herzensstille, wo die Winde überird'scher Zärtlichkeit dich sanft und liebevoll umspielen.

1.10

Das Eine schaut sich selber zu bei allem, was geschieht und was dem Ursein sich entwindet ins geräumige und zeitenträchtige Erleben. Du Bist, indem der grosse Oberschauer an sich selber sich vergibt in dir. Was ist Bedenken, wenn nicht des Gewaltigen Besinnlichkeit in jedem Hirngespinste, das sich glaubt in eigener Regie zu Markt zu tragen? Was die wohlbesonn'ne oder impulsive Tat, wenn nicht dahinter eine Wucht von allgemeinem Einfluss steht, die ganzen Völkern ein gesammeltes Idol vor Augen hält, nach dem sie sind und leben?

Ein jeder Wurf bedingt gehöriges Verbreiten einer Schau von überragendem Bedeuten in den Häuptern derer, die ihm ihre Kraft zu leihen haben. Stehst du unten, wirst du nur empfangen und gehorchen müssen; windest du dich mählich ins Erhabene empor, vermagst du deine Götter-werte zu vergeben und dein Wollen zu Potenzen zu erheben, die Gehorsam wirken nah und fern und in dir selber, unfehlbar. Kein Zwist ist mehr vonnöten, um dem Rechten Bahn zu brechen, weil sich alles Meckernde und Übermütige von selber niederlegt zu deinen Füssen allsobald, wie du im Königtum des wahren Menschenseins einhergehst, viele Lande vom

Beherrschtsein zu erlösen.

Wisse, was dir frommt, und halte Zwiesprach mit dem Lauscher, der dein Innesein bewegt, mehr als die schärfsten Winde noch das Meer bewegen. Sei des Lebens froh, indem du dich darauf besinnst, dass Eines dich erhält und dass alles Zweite, Dritte oder X-te keine Macht hat, dich vom Einigenden, Wunderbaren und Begütigenden abzubringen, das da Ist und nimmer wird sich ducken vor was immer, das sich aufwirft im gemeinen Wahn.

Wisse, dass das wahre Wesen des Unendlichen so zart ist wie die jungen Knospen an den Frühlingsbäumen und dass alles Seinsnatürliche aus einer Zärtlichkeit des Werdens still hervorgeht, die ihresgleichen sucht und die auch dich ergreift, wenn du dich ihrem Wirken liebevoll dahingegeben. Im Gefäss der Stille darfst du dich von einer Woge der Glückseligkeit befrieden lassen und besänftigen von allem Weh. Es lösen sich die Glieder und gewähren dir die Ruhe wohldurchströmter Lieblichkeit im wachen Traum von Schönheit und Bewahren. Holde, goldne Zeit, in der sich dies an dir erfüllt in wunderbar durchsonnten Seelenweiten.

1.11

Keiner zu gering, um Mich zu werden in der Ansicht seiner Güter, weil er Mich schon ist im weitgedehnten Lebensstrom. "Schwellen überwinden» ist die glückverheissende Parole, die vom Aufgang bis zum festgeschmückten Schwinden allen Werdens, Blühens und Vergehns. Nie hat ein Lied so süss geklungen, wie die Sage vom Bewusstsein in den Göttersphären hier; kein menschlich Wesen hat für seine Welt soviel dazugewonnen wie im Überschreiten seiner niederen Natur und im Erreichen der Gesinnung und Gesittung der Unendlichkeit, die ihm von Urbeginn erheissen.

Es darf der Seele keine Last und keiner Prüfung Schwergewicht zu viel sein in der unstillbaren Euphorie, die sie auf ihrem Wege weiterdrängt zum hehren Guten und zum makellosen Handeln nach den Seinsgesetzen, die von Klugheit, Weisheit und Voraussicht was verstehn. Ihrem Faden sollst du folgen durch die Wirrsal deiner Weltentage, die dir deinen wahren Wert und Sinn beständig zu verschleiern trachten; glaube der Erhabenheit des Sterns ob deinem Haupte, wie dem innewohnenden Geflüster, das dich stillen, steten Mahnens durch die Zeit zum Ziele führt.

Was du wirklich Bist, ist reiner Wonne Selber-dich-Beraten; was du sein wirst Brautgeschenk der Götterherrlichkeit, mit der du dich vereinst im wachen Schreiten, wie im lächelnden Vor-aller-Welt-in-deines-Wesens-Heiligtum-Bestehn. Du nimmst und gibst das Beste von den vielen Arten, deine Tage zuzubringen; du vergissest nie, in welche Perspektive du gesetzt bist als Geschöpf, gelehriger Geselle, wie als Meister deines Fachs, das Leben heisst und AlleLieblichkeit-des-Daseins-recht-Be-greifen.

Wie leicht versinnst du dich an deinem Sinnen und wie schwierig scheint es dir, den Schritt ins Numinose deiner Wesenswelt zu tun. Also musst du klein beginnen und im Grandiogen enden, das dich immer lockt auf seine Weise und Verführung zeigen kann, bis du dich endlich selbst zu führen dann vermagst nach Strich und Faden, nach den Polen reiner Heiterkeit und Seelenseligkeit in deinem Feingefühl von Himmels Gnaden.

Wandle dich, und wandre auf den Pfaden der Beschaulichkeit und Milde, weg vom grossen Strom, damit du einsam Fülle findest und mit Gott gemeinsam unermessliches Erlösen.

1.12

Indem Ich Mich in Meiner tiefsten Tiefe selbst belausche, hebt sich Mir ein Sein von freudevollem Klang entgegen. Einssein, Stille und Gewogenheit trägt seine Früchte dem gerundeten Gemüt entgegen und gewährt ihm, was es braucht und sehnlich sich erhofft in seinem Existieren.

Suchst du Dialoge, finde sie in deiner unvermittelbaren Näh mit deiner Eigenheit im Grünen, und erfinde dich in jeden Wesens wirkendem Befinden, wo es geht und steht und wo sein Daseinsfeld sich ihm in bunter Lässigkeit verbreitet.

Jede Wirklichkeit als deine Partnerin zu benennen, sei dir Tat des weisen Aneinanderfügens der Gegebenheiten, die in deinem Blickfeld stehn. So wirst du ganz in deinen Gründen und vereinigst dich mit einer Heerschaft von bewussten Dingen, die die Räume deines Hierseins füllen als dein Wesen und dein strahlender Bezug. Wo willst du hin, wenn nicht ins Allgemeine, das dich einhüllt, wie die Mutter ihren Sohn und wie die Glucke ihres Brütens reizendes Gefieder. Wohin willst du dich verspielen, wenn nicht in die Weiten einer unerforschlichen Verheissung, deren Stunde aller Menschlichkeit schon lange schlägt und ohne, dass sies hören will in ihrer Virtuosität, den Ariadne-Faden zu verlieren.

Du aber windest auf den Haspel und verbindest dich mit deiner Herkunft ewigem Blauen ohne jeden Zweifel und mit sicherem Gespür für Übersinnliches, dem jede Brunnenkraft entspringt, und das die Weise vom Erlösen singt ins Nimmermehr-das-mindeste-Entbehren. Das Hinter-Dir vergisst du, und das Vor-Dir wird dich heilen, wenn du nur im Jetzt den Dingen Form gibst, die dir angehören. Unvermittelt das zu sein, was dir Gewähr gibt für Beständigkeit im Guten, ist die Chance, die dich trefflich kleidet und die du nur spazieren führen musst, damit sie aufblüht und den Sieg begründet, der dir auch gebührt in deinem überbordenden Elan. Seelensättigung darfst du erfahren in der Fülle, die du selber produzierst im Selbstvertrauen und im vollen Segeln auf das Eine zu, das sich dir hingibt nach dem Masse deines Dich-Vergebens. Hoffe klaren Sinnes einer gloriosen Zukunft zu, und teile, was du bist, mit denen, die sich auch zerteilen, um der Güte willen, die sich wieselschnell verbreiten möchte ins ersehnte Weltenwohl.

1.13

Opf're deine Federn heisst: Gib deine leiblichen Begriffe für einen Heller frohen Muts dahin, weil du an ihnen keine Rechte je besassest ausser dem, sie zu bewohnen. Der Freie hat Ballast von sich geworfen innerlich und äusserlich, der jahrlang an ihm hing und ihn begrenzte am Bewusstsein eines Weltenkönigtums, in dem er west und waltet, wenn er dessen sich versieht. Makellosigkeit sei in dir gross geschrieben beim Erringen eines Sonnen-platzes in den Sphären; Wissen und Bewegen sind dir Herzensangelegenheiten auf der Fahrt ins neuerkannte Leben, wo kein Zweifeln Wurzel fassen kann und jede Geste Schönheit ist, bewundernswerte Anmut und Gelingen.

Weckruf deiner selbst sollst du dir werden in der Morgendämmerung der Zeit, wo das Bewusst-Sein sich im Menschlichen erhebt als Gottesgnadengabe an sich selbst im ewigen Einssein, das da wirkt und webt und sprudelt und Gewissenhaftigkeit verbreitet. Insolvenz ist in Mir niemals zu beklagen, weil Ich Fülle schöpfe aus der Fülle, die kein Mass kennt im verschenkenden Gedankenspiel. Höchsten Nutzen zieh ein jeder aus der Einsicht, dass ihm nichts verlorengehen kann, was er doch nie besass im göttlichen Erwägen. Ich nur sitze auf den Pfründen und verbreite Lehen um mich her, der Pflege der

Gerechten anempfohlen; Meine Habe ist der wahre Glanz, den selbst die Glänzendsten nicht an sich tragen.

Fahr' nun das Schöpferwohl in deine Scheunen, und bedanke dich füy"das, was nimmer dir gehört und was dich fähig macht zu existieren. Sei gewiss, dass Ich dich durch dein Sein begleite, leuchtend, tröstend wie der Morgensonnenstrahl und neue Lebenskraft erweckend noch in jedem Erdental. Meine Stunde ist der Frühe anbefohlen, wo viel Schuld beglichen ist vom schlummernden Darniederliegen und Gestärktes sich erhebt. Wohl und Wehe sind ins Ruhn der Nacht gebettet als von Mir gegeben zum Erquicken und Gedeihen, wenn mans zu brauchen recht versteht. Losgelöst und artig sind Mir selbst die Brausendsten im Schlaf, der ihnen immer neu den Meister zeigt in ihren Ambitionen. Völlig hilflos, ganz in Meine Hand gegeben, dösen sie dahin und fallen beim Erwachen in die Illusion, sich selber wieder zu gehören. Wers durchschaut, bestätigt Mich in seinen Gründen und gewährt sich in der Sicherheit des Seins ein seligmachendes Erwägen und Gefühl.

Gelobt sei, was uns so belebt, belehrt und heilt in nimmermüdem Uns-Bewohnen.

1.14

Unvergängliche Gespinste hangen in der Denkwelt aus Vergangenheit und virulentem Streben. Sie zu überwinden tritt der Neu'rer mit dem Leitspruch an: Ich walle,woge, werke unfehlbar dem Hochgewinn entgegen. Jede Szene sitzt auf der vorangegang'nen, jeder handelnde Elan wetzt eine Scharte wieder aus, die einer dir geschlagen. Trefflich tönt das Jagdhorn dem, der sich erdreistete, ins Unbekannte vorzupirschen, um verborgne Winkel aufzuspüren und den Schatz dazu voll Glanz, wie pures Gold zu zählen.

Nimmersatt nach Abenteuern in der geistigen Domäne sollst du dich durchs Leben schlagen. Denn was nützen dir geschwollene Dukaten, wenn sie würdelos durch deine Finger rollen und dein Wesen fetter nur, statt weiser machen in der Prozedur des Daseins, der du dauernd unterliegst?

So gestatt Ich mir, dir die Geschichte deiner Illusionen abzuschlagen, dass sich mählich dir die Wahrheit Meines Indir-Seins enthüllt und dich in Wundern des Beschauens lässt die Hintergründe deiner Aktionen sehn.

Nur wenn du ausbrichst aus dem Kreis der Eigenbrötelei, kannst du im Reigen grosser Geister dich bewegen; wenn deine Stirne Front macht gegen jede Heuchelei, gewährt dir das Unendliche die Sicherheit des In-dir-Webens, Strebens und Bestehns. Kein Trotz, nur Demut, Gläubigkeit und guter Wille sollen dich geleiten zu den Quellen des Erbarmens an den Ungehörigkeiten, die dir bisher arg zu schaffen machten. Sind sie dir entschwunden, steht dein eigen Bild in Schönheit, Jugendfrische und Gelassenheit vor dir, wie Edle sie und Adlige um sich verbreiten.

Zug um Zug gewähr Ich dir das Freisein von beherrschenden Befehlen und die Wonne, dich ins Gleichgestimmte mit der Götterwirklichkeit zu heben. Wenn du nur willst, vermagst du Berge puren Unverstands hintanzusetzen, um dahinter einer Welt des lächelnden Elans dich einzureihen, der die Hürden nimmt mit Grazie des Vollendens und den Siegespreis erringt im Handumdrehn.

Geringe haben wenig Lust, aufs mittlere Podest zu steigen, Joch Seinsgewaltige stehn immer oben und bedeuten einer Welt des abergläubigen Zauderns, was sich ziemt und was die Ehr erweitert eines Menschengöttertums von Wohlverstand und Wagen. Trachte nach der Palme des Gerecht-seins, und sie wird dein Haupt vortrefflich zieren; schau dich in der

Vielfalt deiner Gegenüber an, und spür' die gloriose Einheit, die die Welten prägt im göttlichen Umfangen.

1.15

Welche Gründe tragen zur Erkenntnis bei, dass du Bist das Eine und Erhabene in letzter Konsequenz des Überlegens? Ein Geschenk der Gottheit an sich selbst? Ein lebelanges Suchen nach der Wahrheit deines individuellen Hierseins? Die Belehrung, die dir andere erteilen? Wohl alle drei in einigem Bestreben, Abgetrenntes zu vereinen, Blütenreines zu belohnen und Verwundetem den Trost zu geben des Behütetseins in heilender Manier, gemäss dem Seinsvertrauen, das der Einzelne vermag in seine Weltschau einzufügen.

Driftest du nach draussen, nehmen dich die Dinge mehr und mehr gefangen; zollst du deiner Innheit den Tribut, der ihr gebührt, blaut sich der Himmel deines hoffenden Gemüts und lässt dein Seinsbewusstsein in die freien Weiten sich verschweben. Ebenmass und Stille sind die würdigen Begleiter deiner Fahrt ins Seinsgewahren, wo Freudenharmonien in den Sphären hin und wider gehn und Himmelsseligkeiten deine Wesenswelt durchfluten.

Du wandelst im Allhier, als wäre nichts mit dir geschehn, versiehst dein Pflichtprogramm im Dienen und gewährst den Deinen Herzensfreundlichkeit und guten Willen noch und noch in Anmut und Bewähren; doch innen hat die grosse Wende dich zur Seelensicherheit geführt, die von Gelassenheit und Heiterkeit, von Sanftmut, Hingegebenheit und Wohlvertrautheit mit dem Ewigen ein Liedchen weiss zu singen.

Stets im Sein bewahrt geht der Gestillte hellerwachten Auges durch das Leben und begreift die Nöte der Geschwister inniger denn je zuvor, weil er dem

Unding ihres Wähnens sich entwunden. Wie traumverloren gehn die vielen durch die Tage ihres Selbstgenügens und versehn sich mit Vergnüglichkeiten, wahllos, zahllos und banal. Aufgestanden - hingemäht wie Gras ist ihres Daseins unbewusster Trieb, in den sie sich verstiegen. Menschenteil und Teil der Menschheit sind sie, der sich mühsam, mählich doch erhebt und Wachheit an die Stelle setzt des Träumens, Mitgefühl statt Selbstsucht übt und Bruderschaft statt Eigenbrötelei im Allumfangen.

Jede deiner Taten ist gezählt und aufgeschrieben; jeder Hang zum Heilen hilft dir, auf geradem Wege weitergehn, und jedes Treusein deinen Idealen schärft den Sinn dir für die Allgerechtigkeit der Sphären.

Holde, goldne Zeiten brechen an in dir ob deinem Streben nach der Einsicht ins Unendliche und Unerhörte, das dich führt, belebt und mit dem Sein verbindet, das Es Ist in wunderbarer Weise auch in dir.

1.16

Ungezählt und unerschlossen sind die Reiche des Allewigen, das uns bewegt und webt in soviel irdischen Belangen, dass wir kaum mehr Eignes finden, selbst im eifrigsten Verdienst- und Fingerzählen. Es macht sich wahr, was Wahrheit ist im stillen Überlegen; Grenzen werden eingerissen und Gewährnis eines grandiosen Weltgeschehns tritt auf, in das du eingebunden bist als wirkendes Kalkül, als Jäger und Gejagter, als Präsenter und Phantom, als Bänkelsänger und Tenor von höchsten Gnaden.

Willkür kann dich nur ergreifen, wenn du Wege gehst abseits der grossen Evolutionenspur, die sich als Wille des Gewaltigen durch Millionen zieht in einer Weihe des Vollendens, die uns staunen machen muss, wenn wir sie recht besehn. Hältst du dich für etwas, bist du nichts, weisst du deine Nichtigkeit ins rechte Licht zu rücken, bist du alles, was erschienen ist und noch erscheint in wohlgemessnen Dimensionen. Es kraftet da und wuchtet dort und bricht herein und strömt in seliger Bescheidenheit, und immer ist Es ein und selbes, seis in dir, seis in den Völkerschaften, die dich mild und wild umgeben. Magst du handeln wie du willst, es ist des Mächtigen Tun und seis Misshandlung der Lebendigkeiten. Triffst du, triffst du dich und lässest Sinnkraft, Frohsinn oder unverstandne Wehen hinter dir zurück in deinem Wüten. Warum verletzen, wenn du letztlich selber tragen musst, was du zur Lebensbürde machtest, unbedacht.

Sprich leise, weise und begütigend, wenn du dich äusserst, dass die Wesen hintergründige Sanftmut ahnen und Gelassenheit des Himmels, die vom Dort ins Hiersein strömt in wonnevollen Zügen. Ganz ins Ewige versunken, heilige die Welt, noch ohne im geringsten sie zu meiden. Sei ihr Trost und Stärke, Wohigewissen und Beständigkeit, damit ihr Grossgang zu den Göttern Auftrieb und Gesicht erhält im Einzelnen und Vielen. Was markant ist, wirkt in unfehlbar gewisser Weise, wie das Wasser wirkt im Zeitenstrom. So der Sinn, den du verbreitest und die Güte einer Tat, sei sie von vielen oder keinem noch gesehn.

Was sich als wahrhaft Leuchtendes entpuppt, ist innres Strahlen, das Bewusstsein atmet, und vollendetes Erkennen der Gesetzlichkeit des All-bewegens, wie der glückerfüllten Harmonien, die geheimnisvoll geschäftiger Weise das Lebendige durchziehn.

Weile, weile lang und leicht im Seinsbewussten Schauen aller Herrlichkeit, die Ist und die dich hüllt in wundervolles Dich-Begnaden.

1.17

Vorbestimmt ist nur, was du zu tragen hast auf deiner Lebensreise, aber wie du es erträgst, ist deine ganz intime Sache, die dich eben weiterführen oder dann blockieren kann in deinem Streben, Mehrwert zu erzielen. Ein Gerüst sind deine Angelegenheiten, in welchem du herumturnst auf und nieder, her und hin, die Vielfalt deiner Müskelchen zu stählen. Es wird ein rechter Wille dir geboren, Neugier auf das Kommende und namenlose Freude über jedes Ziel, das du erreicht hast im gewandten Traversieren.

«Nutze deinen Tag» will das bedeuten: Bringe Ordnung, Schwung und Transparenz in deines Lebens Kunstwerk, deines Daseins feierliche Liturgie, von Meinen liebevollen Gnaden. Hochgestimmt und feingetrimmt beförderst du den guten Klang im hell sinfonischen Gewoge, das Ich unaufhörlich Bin in weitgedehnter Runde. Was immer schwingt, gerät in des Entzückens fabulosen Zustand, als von Mir gegeben und gehegt, beglaubigt und ins All geworfen. Nutze die Gelegenheit, das Banner hoch zu tragen Meiner Huld, die dich bewegen will in jeder Weise des Gestaltens und Gewaltens, des Verbindens und Verwindens, des Entartens und Zurück-in-Meine-blumenvolle-WeideGehns.

Eine Einsicht tut dir not von überwältigender Prägung: Dass dir alles wohlgelingt in Meinem Gluten, dass die Wege wie geschliffen durch die Felder ziehn in der Provinz, die Ich für dich erlesen. Nicht Schein, nur Echtes zählt in der umfassenden Gebärde, die dich ausstösst als von Mir und dich erweitert und erheitert lebelang in treu und liebem Seinsgebaren. Nimm dankbar auf, was du an deinen Toren als Gelegenheit verspürst zu wachsen und damit in Mich zu gehn.

Es kommt die Stunde, wo du noch den allerletzten Drang nach Eigenem verwirfst und nur noch Mich sein willst und darfst in deinem Willen zu genesen

und das Heil zu finden makellosen Seinsvermählens
als die Remedur im letzten Tagen. Ende einer langen,
sehnuchtsvollen Reise wird das sein, was du
erfährst im innewohnenden Begeistern, wie im
lächelnden Dich-selbst-Befrieden an der Harmonie
des Himmels, der sich deinem Schauen aufgetan.
Wirklich nah kannst du Mir nur im Heiligtum des
eignen Herzens sein, das Ich im Schweigen in
Beseligung tauche und in überird'sche Wachsamkeit,
die alles mit dem Blick der Zärtlichkeit und Milde
lieb umfängt und hütet als die eigne, traute Schar.

1.18

Sparsam im Reden, unerschütterlich im Schweigen
wird der Weise, wenn er sich den Weltenfluss
besieht und in ihm seine wohlgemessnen Kreise
zieht. Geboren, Grosses zu erreichen, überwallt sein
Einfluss Zeitenräume wogenden Gedenkens, die
seines Hierseins nimmermehr bedürfen. Seine Pläne
sind genau dem Universenplan entnommen, der sich
über alles breitet, was da seine Tage zählt und was
Bewusstsein von sich selbst erreicht in millionen-
schwerem Jagen.
Facette ist er eines wohlgeschliffenen Brillanten,
dessen funkelndes Vermächtnis Helle um sich strahlt
im ewigen Lichtvergeben. Was ist der Sonnentag,
wenn nicht der Widerschein der seinserfüllten
Sphären, die alles in sich fassen, was Geschehnis
wird im Werdegang der Welten. Die Seelenaugen
schärfend, schafft der Mensch sich Einsicht in den
Wirbel der Gewalten, die Erscheinung um Erscheinung produzieren und die Wachenden am Gängel-
band des Staunens durch ihr Dasein ziehn.
Lichtmess feiert, wer gerundet und gesundet dem
obliegt, was aller Welt zu Fromm und Nutzen dient
und Wesenskraft verbreitet in den Gliedern einer
grossgewachsnen Union, die Schönheit tragen will in

ihr bewundernswertes In-die-Weite-Streben.

Der tritt an Ort, der seiner Einsicht nicht die ewige Fülle zugetan; der schlägt sich feige in die Büsche, den Furcht ergreift vor irgendeinem feindlichen Gehaben, das ihm frech und unverblümt entgegenbricht in seinem Wandel durch den Lebensgarten. Nur Geborgenheit des Himmels kann das bringen, was im Kargsten noch gedeiht und was gelassen, friedevoll und freundlich den Beweis erbringt des Freiseins mitten in den Nöten.

Hast du Sorgen, trag sie flugs zu Mir, und unterstelle sie dem Flügel des Gerechtseins, der Ich Bin und der Du Bist in Mit Genauer kann Ich das nicht sagen, was von Millionen noch zu fassen ist und was Geordnetheit und Heiterkeit gewährt dem Menschentum, apart von seinen struben Tagen. Melde dich bei Dem, der einzig dich erheben kann ins wirkliche Gedeihen, und vermumme nicht dein Angesicht vor Ihm, der dich durchschaut wie Glas und dessen Heil dem deinen unverbrüchlich einverwoben. Gewinne Macht in Zartheit über deine Wunden, und ergib dich dem immensen, seinserfüllten Wohl.

1.19

Gut geruht ist halb gewonnen, soll das grandiose Werk in Würde und Gelassenheit erstehn. Volles Mass der Kräfte ist vonnöten, um von Block zu Block, von Fall zu Fall, von Steigerung zu Steigerung unwiderstehlich über dich hinauszugehn. Lamentieren lässt sich mit dem Heldenhaften nicht vereinen, das geradewegs mit höchster Inbrunst auf den Gipfel des Erkennens stürmt, wo freie Sicht in alle Lande des Begreifens vor den Seelenaugen liegt und alle Pracht des Existierens aufersteht vor dem bedeutungsvollen Schauen.

Ins Feuer der Begeisterung getaucht, stehst du als

Seiender im Sein der Sphären, als Erwachter in der Ehrenrunde wacher Geiste; die dich schützend, weisend und voll Güte würdevoll umgeben. Ihrem Bunde zu gehören ist dein Heil für immer, und ihr Wesensglied zu sein der Gipfel deiner Stärke, die kein Wanken kennt, nur Wonne des Erhaben-Seins in deinen vielgeprüften Runden.

Wo du Bist, ist lichtes Blauen, Weite des Gewissens, Herzensfrömmigkeit und Harmonie des Ewigen, die alles adelt, was da Ist als Sein vom Sein und das die Wunder des Erweckens lässt aus Seiner Mitte fahren. Wohlgemessen und gekonnt erweisen sich die Dinge des Erscheinens Referenz in Seinsgeschwisterschaft und Tugend und bedeuten sich die Fülle und den Wohllaut des gestaltenden Elans. Macht zu Macht und Wärmestrom zu -strom gesellt sich wieder und bereitet sich das Fest des Einigseins im innigsten Gewahren. Hingegebnes Lauschen webt sich in den Hain der Stille, den die Weisen zur Gewissheit sich erhoben und zum Raum der Wonne ihres Sich-Begreifens.

Was an Zartheit je ein Wesen sich erdacht, ist hier versammelt zur Gemeinde reiner Liebenswürdigkeit und Anmut des Gehabens. Lohn der Treue, Milde des Sich-Schenkens strömt in Seligkeit dahin, erheitert und beglückt des Daseins lächelndes Erstaunen. Wohlgestaltetes schwebt Wohlgestaltetem in Sanftmut und Ergebenheit entgegen und umfängt mit seiner Schwingen Leichte sich in Wesens-ruh und strömendem Entzücken.

Anmut des Begreifens

2.1

Den Blütenkranz der Hoffnung darf Ich frohgemut auf Meinem Haupte tragen, des Lebens Mich versichern, das da über allem Leben thront und in das ewige Halleluja mündet, dem wir alle angehören. Es ist Bestimmung und Gesinnung und Gesittung in dem Sternenwogen, dass du Bist und sein wirst ganz herausgehoben aus der Minderung des werdenden Gefühls von Grösse und Gesunden. Du trägst dich selbst heran an eine Wirklichkeit von Wesenswelten über dir, die Glorie verheisst und Zartheit, Seligkeit und Wonne des Erlebens.

Jeder Schritt ins Menschenwürdige ist wohl getan in deinen Fibern, jede leise Ahnung stärkt dich in der Sucht nach höherem Beginnen und nach freiem Über-dich-Verfügen nach der Götter Vorschlag und Gefälligkeit an dir. Du nimmst und hast darum gar vieles zu vergeben; du gibst und gibst dich ganz und wunderst dich nicht mehr, wenn sich die Gründe wahrer Fülle öffnen und dich schwimmen lassen in der guten Gaben Meer.

Gezähltes wird Unendlichkeit und Form wird himmelweites Dehnen in der Strategie des Fortschritts, dem noch alles untertan, was Ist und was sich ewig wandelt, einem Hochgebenedeiten zu. Wir singen alle mit im Hymnus an die Freude, der sich wild und mild verbreitet im Natürlichen, wie in der Schicklichkeit der Sphären. Ein fernes Brausen ists den Götterohren und ein lieblich Sausen, das sich nähert ihrem Sinngehalt und würdigen Gehaben.

Nur immer zu und ohne, dass die Trauer dich befällt um Hinter-dir-Gelassenes, denn was du dir erringst an Eigenständigkeit und Seelenstärke, wiegt gar vieles auf an Abschiedsweh und Klagen. Du hast nur einen Blick und den voran zu richten, ist dein wahres Heilsbegründen und dein Seins Ziel in Absicht und Verlangen, Grossmut und Geschicklichkeit, ein lebelang und weiter, weiter in die holdesten der

Fernen, die dir doch so nah sind in der Sicht nach innen, wo die Götterdinge vor dir stehn.

Gereift und gütig wandelst du als Allerbarmer durch die Zeiten und gewährst dem Blossen Schutz, dem Leiden Licht und dem Verfemten Wohlgeborgenheit in deiner seienden Gewähr. Behutsam trägst du eine Welt des Wohlverstands auf deinen Fingerbeeren und verhilfst den Labsalsuchenden zu einer wonnevollen Wahl.

2.2

Der Morgenröte eines ewigen Tags entgegen, stehst du vor dem eignen Horizont und läuterst dich in tief versunkenem Besinnen, bis die Sonne reiner Klarheit dich umwogt. Wille wird zu Aberwille in der Gunst der Götter, die beständig an sich werken in der Weltgemeinschaft, die sie sich begründet haben. Weisheit kennt kein Weh, das fähig wäre, eines Wesens Fortgang aus der Bahn zu werfen. Alle Wege führen unfehlbar zum Ausgang ihrer Wohlbemessenheit im Sinn der Evolutionen. Dann herrscht selige Gestilltheit, Grazie des Weilens und bewundernswerte Ruh im strahlenden Bewusstsein, dessen sich die Würdigen erfreu'n.

Wann wirst du dies Schicksal auch erfahren? Wenn du deines Heldentums gewahr und kundig wirst im Schwall der Ambitionen, dem du mählich, mählich jene Züge einprägst, die nicht deine, sondern Gottes sind im Aufwall der Geschichte, wie im Wachsen deiner all so fein gefühlten Wesensglieder. Gross sind sie im Kleinen, das du darstellst in den weltverbrämten Niederungen; Reichtum reiner Geister ist in sie geflossen seit Äonen und begabt dich mit Unendlichkeiten noch und noch in deiner mannigfachen Weise, dich im Sein zu sehn. Tau vom Himmel bist du deiner eignen Schöne; Makellosigkeit im innersten Bezug zu Denen, die da fromm und zart und weltennützlich und gediegen in dir sind als Lenker und Gewährer eines unnachahmlich milden Friedens.

Auferwecken wollen sie dich in der Wiege deines strampelnden Elans von eignen Gnaden; helfend, rettend und vertrauend deine Pfade mitgestalten in der Einheit allen Webens, Strebens und Gedeihens vor dem Angesicht der unerschaffnen Majestät, die hinter jeder Würde, Bürde und Befriedung ihrer Gründe sich erfreut. Deine sind es ebenso, wenn dus erfassen kannst in einer Schau von überwältigenden Dimensionen.

Lächle, lobe, liebe dich der Unermesslichkeit des Seins entgegen, und gewahre dich in ihm als Wesen wunderbarer Weihe und als Selbsterwählter, dessen Schreiten Lande freilegt von berückender Erhabenheit und seligmachendem Geflüster in den Sphären sonndurchtränkter Wohlbekömmlichkeit und Ruh.

So seis, so ists in Seinswahrhaftigkeit und tiefem Schauen deiner Eigentümlichkeiten, zweifellos und leicht und luftig im gewaltigen Verstehn.

2.3

Minnesang im Grünen will Ich nennen, was so liebenswert daherkommt, wie von Elfen vors Gemüt getragen. Eine Welle von Begeisterung und Beifall trägt Mich himmelan und lässt die Lebensdinge weit und breit im rechten Licht erscheinen. Wir sind da, beflüstert Mich Mein Schauen; wir begreifen - und gefährden uns nicht mehr aus Mittelmässigkeit und Lässigkeit an dem, was uns zu tun ist aufgegeben. Klaren steten Willens gehn wir still voran und hüten und bewahren, finden träfe Argumente, dulden, tragen, glauben an die Kraft des Vorbilds und gestalten, was uns frommt, zu immer höherem Vollenden.

Innen aber sind wir frei wie Adler, die in lichtdurchschossnen Lüften ihre Herrenkreise ziehn. Gebieter unsrer selbst gehorchen wir den Seinsgerechten ohne jedes Fehlen und bewahren uns in der Gesittung der vom Weh Erlösten in vollkommnem Ebenmass von Denken, Wollen und Gefühl. Traut und wohlbekömmlich scheint uns alles in den Sphären unsres Wachseins, währenddem wir lächelnd und gestillten Blickes in die Runde sehn. Gnade des Erringens ist in unser Herz geschrieben und Gemeinschaft mit den Göttern unser hell besungnes Los. Strahlend in der Strahl-kraft kreisender Besonderheiten ziehn wir unsre Sternenbahn und unterweisen die gerecht Gewordenen im Sinn der einen, reinen Lehre, die da aus dem Schauen quillt und aus Beständigkeit im Schreiten.

Willevoll und weise sind die Scharen, die wir Zähmer ihrer Selbstheit nennen, die dem Weltgeist zu gehorchen wissen und sich stellen in den grossen Plan von Schönheit, Himmelszärtlichkeit und ewigem Gelingen vor dem Blick des Einen, das in allem und um alles hebend sich verweht. Siegesstolz und Demut zu vereinen ist der wahren Würde angemessen und bestätigt sich im Dienen und herzinnigen Verstehn.

Das grosse Treffen findet statt in Göttersphären und beweist Erfüllung des Allmenschhichen nach langer Wahl und langem Zittern um den Sieg. Es weben sich, es heben sich die Kräfte des Allherrlichen ins Lied der Evolutionen und begünstigen den Gang der Vielfalt zum holdseligen Sich-Vereinen in der Grazie des Seins, die alles mild umfängt und allem innewohnt in gleichgestimmter Wonne und bedingungslosem Wohl.

2.4

Vorwort deiner selbst bist du in allen weltlichen Belangen, denn was noch unerreicht, ist voll Bedeutung schon in dein erwartungsvolles Herz geschrieben. Du hangelst dich geflissentlich voran und suchst und findest Mich in dir. Ergeben wirst du, wie das Hündchen seinem Herrn, Gehorsam pflegen, willfährig einem inneren Geflüster, dem du deine wahren Werke zuerkennst, wie deine stramme Haltung vor dem Niederträchtigen, das dich versucht aus Strich und Lot zu bringen.

Deine Seele legt sich dem Erkennen bloss und zeigt sich als ein Muster der Empfindsamkeit für hocherhabne Sphären, deren Zartheit und Geschmeidigkeit den Duft des Ewigen verbreitet in holdseliger Manier. Was Leichte ist und Liebenswürdigkeit, ist hier zu spüren; was die Summe aller Zuversichtlichkeiten in sich schliesst, bewahrt sich hier im Guten und verströmt Geruhsamkeit, Vertrauen, Seelensicherheit und Frieden.

Weihe ist es ans Unendliche, was so dahinfliesst durch die hingegebnen Zeiten; warme, freie Fülle des Sich-Schenkens und des Seins-Empfangens weitet des erhabnen Raumempfindens Harmonie und lässt des Einsseins Wunderwerk sein ewiges Vollenden finden.

Wachheit und Bestimmtheit machen dich im Kleinsten gross und schenken dir Vermählen mit den Kräften unerschöpflichen Elans im Phantasieren. Schöpfertum bringt neue Formen, Fideleien und Gefälligkeiten flugs hervor und schmiegt sich sachte in die dargestellten Welten. Numinoses wird zur Perle in der Fassung, die man ihm im Sinnlichen gewährt; nie Erwartetes blitzt auf und funkelt auf die Staunenden hernieder, wenn sie hellen Auges durch die Nacht ins Himmelferne sehn. Mut zur Tat ist ins Gesicht der Stürmenden geschrieben und befähigt sie zum Ausserordentlichen, dem sie freudevoll entgegengehn.

Wieviele Reiche sind aus Strebsamkeit und Hingegebenheit entstanden; wieviel Frohmut hat sich in des Seins Gediegenheit gelegt, wenn sich die Kräfte des Natürlichen mit Überirdischem verbanden, um der Einheit Bahn zu brechen und dem rechten Mass an jeder Stelle seine Wirkung zu verleihn.

Tränke dein Gewissen mit dem göttlichen Arom von Würde und Bescheidenheit, und trachte zu begreifen, was es heisst, im Strahlenkranz des Herrlichen zu stehn.

2.5

Begrüssen sich die Geister, lassen sie die Selbstsucht hinter sich im Schatten stehn und treten in die Sonne des Gerechtseins an der Sache des Allewigen, das ihnen wohl und wonnig ins Gemüte strahlt. Sie finden sich in einem seinsgefälligen Umrunden, das sie bekräftigt in der Ansicht des Verbundenseins mit allem, was da seine Gegenwart erleidet und erfüllt und was sich selber motiviert zu unerhört ergebnisvollen Taten.

Die Weisen schlagen Brücken der Empfindsamkeit von Region zu Region in ihrem Sich-Verbinden mit der Wirklichkeit der Sphären. Dem Weiselosen gilt ihr Trachten und dem Finden des Zusammenhangs der Seinsgegebenheiten mit dem allerfüllenden Idol der Stärke, des Bewusstseins und der Güte des Gestaltens einer Welt von Wohllaut und Bewähren. Ihre Macht besteht im Freisein von Gelüsten und im Harren auf Erfüllung dessen, was sie schon in trauter Weise vor sich sehn. Schaffen heisst für sie, dem Wirklichen das Fundament der bilderschaffenden Gedanken geben und von keinem Schlaglicht sich beirren lassen in der schöngeformten Wahl. So hebt sich Anmut und Gelingen aus Potenz und gutem Willen und gewährt sich im Erhabenen die wohlerwogne Ruh. Gestilltes schmiegt sich ans Gestillte und gereicht sich immerzu zum friedevollen Schauen des Vereintseins in demselben Dom und Duft von Zartheit und Vertrauen.

Was im Niemandsland erblüht an Feinheit und Empfinden, bringt den Ton der Heiterkeit hervor und lässt die Wonne reinen Seins sich an die Glücklichen verspielen. Ewiger Morgen, Licht vom Lichte glänzt den hellen Augen still entgegen und berückt den Sinn, der sich mit Wohlverstand und unbeirrt in ihre Räumlichkeit begeben. Wahren Lächelns kundig, weiss sich der Erlöste aufgehoben in die Gründe seines Tuns und seinsbewahrt und dargestellt in ihnen.

Was die Hoffnung noch von Ferne sah, ist hier ein ausgesprochnes Amen und ein Feld der feingefühlten Friedefertigkeit im Ewig-Grünen. Was die Stimme der Verheissung uns vertraute, ist in Lieblichkeit getan und webt Gemeinsamkeit und Harmonie ins Dasein der Erwählten. Reife dich, und reich dem Rufenden die Hand zum glänzenden Hinübergang ins Reich der Harmonien, die dich hier umwehn.

2.6

Horch und gehorch der Wohlgestimmtheit eines feinen Tönens, das dich immerfort umwirbt in deiner werdenden Bravour. Es weist dir Menschenwürde, Tatkraft und Begreifen zu im virulenten Kampf um die Begriffe wahren Lebens in den Niederungen. Nur wenn du staunen kannst, löst sich die Stauung in den Schächten deines quirlenden Bewusstseins, und es findet Fluss und Strom zu wunderbaren Regionen. Machbar ist nur mit Erfolg, was dir ein innres Vorbild bietet an unendlicher Gewähr und was dir selber nicht gehört in deinem Dich-Berufen. Trau den Göttern, und sie trauen dir das Höchste zu, was du in deinem Streben je errungen; wandle auf den Pfaden reiner Herzlichkeit im Guten, und die Freude wir dir folgen auf dem Fuss.

Ein jeder webt sein Tuch in mehr und weniger

bewusster Weise des Gestaltens, und so wird es auch in seinen Farben mehr und minder schön. Kämpfe um die Wachheit des Gelingens, und gewahre, wie Vollendetes aus deinen Fingern strömt in unsagbarer Süsse, Heiterkeit, Gelöstheit und Gediegenheit des Seins vor aller Augen. Rechte nicht um das, was du vollbringen möchtest; warte - und es wird in dir wie die bewundernswerteste der Morgenröten. Wirf dich beizeiten in den Tag der tausend Möglichkeiten, aus dir selbst zu gehn, um auf den Schwingen höherer Vernunft weit übers Tal dahinzufliegen. Die Mächte wollen dich erhaben sehn, und jede deiner Aktionen soll den Stempel ihres Wirkens in dir tragen.

Spasse nicht vor denen, die das Spassen schlecht ertragen, denn du könntest Unheil zu dir ziehn. Achte, was die Grossen sich erlauben und sei selber gross, bevor du sie zerzausest im Gedankenspiel. Was du wirkst, ist immer Ausdruck deiner inne-wohnenden Potenz, und diese muss in Jahren wachsender Geschicklichkeit errungen werden. Nichts wird dir geschenkt, und dennoch ist die wahre Seinserhabenheit dann eine Göttergabe, die sich in den besten Kreisen sehen lassen kann.

Es wundert Mich, wann dieses Wunderbare dir geschieht in deinem weitgedehnten Kreisen um den Himmelspol. Wann wirst du deines Ursprungs dich erinnern und in deiner Welt Gesetzlichkeit und Wohlverstand, erhabnes Unterscheiden, unbedingte Kraft und Gottbewusstheit etablieren?

0, Ich warne dich davor, das Leben allzu leicht zu nehmen, denn es birgt in sich die Schwere einer Glorie von unsagbarem Ausmass und von einer Seligkeit, die allen Seins-bewussten nie und nimmer-mehr vergeht.

2.7

Tatendrang ist lenkbar vom Gewissen und soll Fortschritt, Freude, Freundschaft und Erbauung bringen
in die Wirklichkeit des krafterfüllten Lebens. Immer
nur die Mitte musst du finden zwischen Raubbau und
Zuviel, wie zimperlichem Stochern in dem Brei, der
dir bevorsteht in bewegten Tagen. Schaffst du dies,
so bist du wie der Tänzer auf dem Seil, Begründer
eines Equilibriums von vielbewundertem Elan, von
Grazie des Sich-ins-Ausserordentliche-Hebens, wie
von Feingefühl und Stil Trefflich leben lässt sich
solcher Weise, weil Gelingen Wonne nach sich zieht
und sich die Dinge kaum bemerkt ins Lot und
Richtige verschieben.

Mit dem Mass geht immer auch Unendliches einher,
das lenkend und befeuernd deinen Wehn und
Freuden zu Gevatter steht in allem, was du
unternimmst und kräftig anpackst, um vor dir selbst
Gerechtigkeit zu finden in des Seins Rumoren.
Ordnung schaffend, schaffst du an den Plänen eines
überwaltenden Genies, dem du die Zügel leihst, dich
wohlgesittet durch Bedrohliches und Unbekanntes
zum ersehnten Ziel zu dirigieren.

Frag Ich dich: Was gibt es da noch auszusetzen,
wenn nicht an dir selber, weil du noch so manchen
Mangel zeigst, dich einer Regel regelrecht zu
unterziehn und ohne Löken deiner Losung Last zu
tragen. Bleib bei dem, was du in Ruh und Billigkeit
beschlossen, und bewahre deinen Anstand auch in
trüb verhängnisvollen Zeiten.

Kannst du selber dich beschauen, setzt dir die
Vernunft viel leichter ihren Hebel an und
vervielfacht deinen Willen, recht und tugendhaft zu
handeln, statt mit wirren Wünschen ins Verderbliche
zu gehn. Entscheidendes geschieht in jedem Augenblick, den du besonnen meisterst, oder lässest
ungenutzt an dir vorüberziehn. Es eilt die Zeit und
eilst du ihr voraus, steht deinem Wirken nichts im

Wege, was du sonst in Mühsal richtig stellen musst, um deine Zwecke zu erreichen.

Alles ist ein Götterspiel, in das du selig eingebunden, wenn dus recht verstehst, dich einzusetzen, wo du hingehörst nach höherem Willen. Tauche ins Bewusstsein einer Allpräsenz des Seins, die auch vor dir nicht Halt macht und ihr Wesen in und um dich flutet, lichtvoll, traut und zärtlich, dich beglückend und erfrischend, tröstend und bezaubernd in unendlich wissender Manier.

2.8

Qffenheit ist die Gebärde des Erwartens einer neuen, grossen Gabe aus dem Künftigen, das, wie der liebe, laue Sommerwind, dem Wissenden entgegenstreift in hochpoetischer Weise, die ihm nur Beglückung bringt und Beifall in dezent erlebten Tagen. Wissenschaft des Seins zu treiben steht der Menschheit wohl am besten an von allem, was sie treibt in ihrem Ungenügen an sich selbst und ihren Linderungs-Versuchen. Was ihr vorschwebt, ist zumeist ein irdisch Wohlbehagen, ein Quentchen Glück und Ruh im Winkel, den sie sich zum Aufenthalt erwählt. Mehr zu haben und zu sein, begehren nur die Unerfülltesten von allem, was im Rund liegt ihres Augenblinkens. Innern Tiefen streben sie mit Vehemenz und Zuversichtlichkeit entgegen, bis sie ihres Seinsbewusstseins Fülle sich errungen. Eine neue Weise in der Welt zu stehn, geht ihnen auf, so wundersam und so von Seelensicherheit und Wagemut geprägt, dass sie voll Dankbarkeit und voll Begeisterung der Welt ihr Daseinsglück verkünden. Unsterblichkeit und absolute Freiheit des Gestaltens sind nun ihres Seins Idol, das über allem Sinn und Sinnen aus Unendlichkeiten in ihr Tagwerk bricht und wie der lautre Quell Entzücken, glitzernde Gefälligkeit und reines

Sich-Verströmen offenbart. So entfaltet sich ein Überweltliches in dem, was uns im Hier entgegenleuchtet; so entpuppt sich eine Menschenseele, wie der Schmetterling, zu unsagbarer Schöne. Ihr Zuhause ist das All der Dinge, die da sind und sichtbar oder unerforschlich scheinen. Sie erkennen sich als eine Äusserung des Seins, verbunden und vermählt mit Ihm im tiefsten Wesen und aus freien Stücken Ihm gehorchend bis in jedes Detail ihres Wirkens als Gesandte eines aberhellen Strahls.

Da strömt nichts als Güte und Gelassenheit in eine Welt der Unrast und des Haders; da erweist das Treffliche dem Hochgebornen Reverenz und weidet sich am Schönen, das aus Zuversicht, Geduld und Schaffenskraft entspringt und das Geheimnis adelt, das der Mensch in sich bedeutet und von dem er mählich alle Siegelbande löst im wunderwirkenden Sich-selbst-Verstehn.

2.9

Friedevoll und heiter darfst du dich dem Schlafe anvertraun nach einem Tag des tugendhaften Werkens und des Meisterns aller Ungeduld in deinen Zügen. Dein sind Seinsgerechtigkeit und liebevolles Schauen der Verwalter und Veredler deiner Angelegenheiten, die gedankenvoll und gütig über deinem Dasein stehn.

Sie erfassen, was du in den Träumen nicht begreifen kannst und ordnen es geschwind, geschickt und weise deinem Schicksal zu, damit es wahrhaft dir zum Wohl gereiche, deinem Wesensstand und Fortschritt in der Zeit gemäss. Zu was du nimmer fähig bist in deiner Ohnmacht des Gebietens, setzen sie sich an und weben das an deinem Wesen weiter, was dir nottut und was nützlich ist zum Überleben. Nichts kann doch so wenig aus sich selbst bestehn, wie das Gewebe deiner Oberflächlichkeiten; nimmer wirst du sagen können, dass Lebendigkeit allein aus kräftiger Fütterung besteht und ordentlichem Trinkgehaben. Was dich hält, sind Kräfte des Vereinens in der Zellstruktur, die dir zu eigen, deren Wirken niemand noch von Aug gesehn und die nur des Erkennens Fabelhaftigkeit vermag, dir zu erklären. Recht bescheiden wirst du dann in deinem Drang nach wissenschaftlicher Brillanz und Alleswisserei im Auseinandernehmen. Das Gute ist geneigt, dich in den Wohllaut seines Gegenwärtigseins zu betten und dir Heil und Hilfe angedeihn zu lassen über jedes Mass. Es bestimmt zu allererst dein Prosperieren und benimmt sich wie die Mutter ihrem Kindchen gegenüber, das sie still und stillend in den Armen hält, so lind, so weich, so freundlich seiner Unbewusstheit hingegeben. Spürst du dies, so wird dich nimmer Furcht beschleichen über deinen Fortgang durch die vielen tückischen Affären, die dir hangen an und die dir deinen Appetit versauern wollen. Du lässt dich überzeugen vom Gefühl der Dankbarkeit für alles, was dir hier gegeben und beschliessest deiner Tagesstunden Zahl mit ruhiger Gewissheit um das Ewige und Seinsnatürliche, das um dich west und sich an dich vergibt, verständnisvoll und klug.

Du bist ins Sein durch Wirkung höherer Art geboren und bedarfst wie eh und je, um dies zu sehn, des schauenden Begreifens.

2.10

Was ist inniger mit dir verbunden als das siebenmal geheimnisvolle Es, das sich in dir ins Menschendasein hebt im Bund der Welten? Was ist dir wohlvertrauter - und scheint doch so fern - als dieses Freundliche, das dich gar nie verlässt und für dich Ruh gebietet, wenn die Stürme dich umtosen? Willst dus erfahren, finde dich im Heiligtum des stillen Seinsbetrachtens, und gehöre nicht mehr deinem

Eigensinn und Treiben, sondern Ihm, der allem Wohlstand ist, wie auch Garant des ewigen Überlebens. Heiter wird dein Zukunfthorizont, wenn solches Schauen in dich strahlt - und unbeirrbar dein gewissenhaftes Vorwärts-schreiten. Deine Perspektive ist gerundet und gesundet und gefällt sich in der Sicht auf wirkliches Geschehn und evolutionentüchtiges Gehaben. Leistung überirdischer Potenz siehst du in allen Breitengraden, Schönheit des Gestaltens und Gewaltens im Natürlichen, als Zeichen einer Macht von Güte und Gelassenheit, die ihresgleichen sucht bis in den letzten Winkel aller Dinge, die sich durch das Dasein tragen.

Schöpfst du deine Weisheit aus der Sicht der ständigen Begleiter und geständigen Wegbereiter, weisst du dich wie einer zu betragen, der dem Kreis der Gottgeweihten angehört und dessen Sinnen, Sein und Trachten Lieblichkeit, Entschiedenheit und Licht verbreitet in den Niederungen der Geprüften und Geschlagenen im Weltenareal.

Was ist das Lächeln der Vernunft, wenn es nicht Hirnmelsherkunft in sich trägt und Göttergabe ist an alle, die sich doch vernünftig meinen. Wieviel Ehrgeiz geht bachab, weil er des Eigendünkels Kind ist, statt der Spross am Baum des Ewigen, der sich nicht ziert und doch so zierlich ist wie keins der Dinge menschenrüchigen Gehabens.

Du kommst und gehst und weisst im Grunde nicht wohin, wenn dir nicht höhere Einsicht in die Seelenaugen strahlt, die deine Weitsicht gründlich ändert und Erhabnes dorthin setzt, wo vordem nur der blinde Zufall noch zu wüten schien. Sieh die Gesetze, und erfahre ihres Wirkens seins-harmonisches Kalkül am eignen Leib als Gnade des Erweckens und Befruchtens und Beschattens und Besonnens von der Art der innewohnenden Gerechtigkeit und Güte, der wir staunend, willig und glückselig untertan.

2.11

Nobles zeugt Geschliffenheit und funkelnde Magie
des Andersartigen, die alles anzieht, was da rechtens
will bestehn. Es lässt ein schöner Reim sich singen
über alles, was der Menschheit auf die Beine half
durch Einzelne, die mit sich unbeirrt und hochgestimmt zu Werke gingen. Ihnen ist zuallererst der
Siegeszug des wahren Fortschritts zu verdanken, sie
sprechen selbstbewusst und wahr die Massen an in
so bestimmter Weise, dass ihr Wort Jahrhunderte
durchtönt und ganze Völkerschaften von ihm zehren.
Merk auf die grössten Geister dieser Welt, und
pflege Umgang mit dem Werk, das sie uns
hinterlassen haben. Mählich wirst du selber das
Bedeuten spüren, das in dir erwächst aus Wissen,
Tun und Seinsbeständigkeit bei allem, was du
antriffst in der Tage huschendem Vorübergleiten.
Gleichgültig darf dir nichts und niemand sein in
deinem Ernste, recht zu leben, weil alles Unbedachte
wieder dich betrifft und sei es zweimal, fünfmal,
siebenmal, bis es in dir bewusst wird und dich dazu
anhält, dich zu ändern, Hocherhabenerem zu.
Auf Biegen, Brechen und Bestehn wirst du geprüft
in allen Phasen deines Auferstehns aus Namen-
losigkeit zu dem, was sich «das Eine» nennt und das
bedeutet ewiges Genügen. Kein Weh der Welt
vermag das Selige aufzuwiegen, das dich dann
erfüllt, wenn du Gewissheit hast vom Weben des
«Ich Bin» in dir wie in den Myriaden Dingen, die
dich still und laut, dezent und grell umgeben. Ohne
Zweifel gilt ein jedes Suchen ganz zuletzt und ganz
zuinnerst diesem blühenden Idol, an dem des Rätsels
Lösung hängt, das all so viele noch bedrängt,
bedeckt und voller Unruh graben lässt nach
Besserem in ihren Tagen. Hast du einmal nur das
Gute tief in dir gefunden, wirst du weder Rast noch
Ruhe finden, bis es gänzlich dir gehört und dich
erfüllt, beglückt und unabhängig macht in deinem

Dich-Erleben. Was du immer darstellst in den Reihen der Getriebenen von Not und Lebenstücken, innen bist du frei und unbesorgt und lässt die Freude sich in dir verspielen. Leisen Quells Gesang vermagst du wieder dann zu hören, wie bezauberndes Geflüster der Holdseligkeit, das sich behutsam in dein Sinnen schmiegt und dir Gewähr ist für die Güte und Erhabenheit des Daseins. Mitten in den Mächten stehst du als ein Starkgewordener, der sich nicht mehr zerzausen und zersausen lässt von ihrem windigen Gehaben. Unbeirrt Bist du für dich und deine Seinsgeschwister da als das Symbol des Einen, Höchsten, das da Ist und sein wird und die strubsten Zeiten überdauert in Beständigkeit und Frieden.

2.12

Alles Mass ist nur in dem zu finden, der das Sein ermessen kann. Töricht ist es, allzuviel im Erdigen zu wühlen, ebenso sich nur dem seidenweichen Wolkigen dahinzu-geben und dem Numinosen, das dahinter sich verbirgt. Erkenne, dass in allem alles ist, und lerne, deine Lebensschau in diesem Sinne einzurichten. So verlierst du dich nicht mehr in einzelgängerischen Phantasien, wie im wirren Hin-und Hergewoge der Geschichte, weil der Stern der Weisheit dich ins Land der Seligen führt, die alles Gute in sich tragen.

Greife voll in deine Tasten, und verrichte deiner Seinsbestimmung Werk mit Andacht und Entschlossenheit, wie einer, der sich an der rechten Stelle weiss im Weltgefüge. Alles Dubiose hinter dir zu lassen, ist dein Auftrag, der dich dahin führt, im vollen Glanz der Meisterschaft zu stehn, wo jede Regung Selbstbesinnen und Gottinnigkeit bedeutet und vollendetes Dem-Sein-Genügen offenbart. Als ein Herold der Gerechtigkeit trittst du vor die Gemeinde der Erwartungsvollen und veredelst ihres

Sinnens Vielerlei auf eines hin, das allen frommt und Ziel und Zierde ist im ewigen Parieren.

Getragnen Schrittes schreiten die vom Sein Geführten in der Zeit voran und weiten ihres Horizonts Gefälligkeit in reichem Mass zu hochgebenedeiter Aussicht auf Unendlichkeiten, denen sie voll Lust und Heiterkeit entgegengehn. Ihr Wachen weckt die Schlummernden am Wege und bewegt das Eingerostete zu neuer Fertigkeit im emsigen Agieren. Ihr Vorübergang erhebt das Schüchterne zu freudigem Tanz, dem Lichten, Wonnevollen frei entgegen und befriedet das Gehörnte, Zornige zur wohlerwognen Rast in seinem Rasen. Unverstand wird bald zu blütenreinem Sich-Begreifen, wo der Finger der Gerechtigkeit sein Werk verrichtet, leis, begierdelos und voller Weisheit, die ihm Seins-erfüllen eingegeben.

Was sich hingibt, macht sich unbedingt auch wahr; was Bedeutsamkeit erlangt im Unterrichten, fördert den Erlass auf Ewiges hin, das noch in jeder Zelle der Erlösung harrt ins Transzendete, Überschauende und Seinsgerechte in vollendetem Erlaben.

2.13

Weichheit kann Verdorbenes wie Wohlerworbenes bedeuten in dem Doppelsinn, der allem innewohnt in seinem Gluten. Du hast von Fall zu Fall herauszufinden, was nun wirklich zutrifft nach dem Mass der Gründe, die verborgen hinter jedem Ausdruck stehn. Ungute Kräfte haben die Gewohnheit, ihre Äusserungen in das Gegenteil von dem zu kehren, was sie wirklich wollen, um die Menschenwelt zu täuschen und durch Lug und Trug zum Ziele zu gelangen. Lerne zu durchschauen, was dir so serviert wird, und verhalte dich nach dem Gebot der Weisheit, ohne Zorn und Zagen.

Ungeheures wird bewirkt, wenn viele ohne

Überlegen nach demselben Muster handeln, das so gang und gäbe ist und das den Fortschritt zäh behindert auf der Evolutionenspur.

Wenigen ist dann beschieden, einen schweren Karren wieder anzuschieben, um die Absicht einer höheren Gewalt zu respektieren und das Wohlbedachte zu befördern nach getreuer Wahl und nach dem Herzschlag reiner Güte, seins-verwoben.

Was im Äusseren geschieht, soll dich nicht blenden; alles Handeln folgt dem innern Antrieb - sei er lauter oder schnöde - und gestaltet sich nach dem Geflüster derer, die den Geistesraum bevölkern um dich her. Gedankenklarheit, Seinsbeständigkeit und Tugendhaftigkeit sind da vonnöten, um das Rechte doch zu tun in soviel Stimmungsmache und Gestörtheit in des Alltags Schlendrian.

Verzeih mit einem Lächeln, was dich aus der Ruhe bringen wollte, und benimm dich generös dem Ungebührlichen gegenüber, das nicht wissen will, um was sich alles dreht im wirklichen Bewegen. Tapfer sei im Trubel der Rehinderungen, die sich hin und wider schieben ohne Richt und Ziel. Das Bestimmte wirkt und bietet Klarheit den Betrübten, Wachheit den Verschlafenen und Würde allem Schlaksigen und Ungezogenen im weiten Feld des menschlichen Gehabens.

Endlich wirst du wie ein Cherub mitten in dem Kampfe stehn als Seinsbefreiter und Beseligter der Sphären. Deine Wissenschaft der höheren Art hat sich bewährt an dir und deinem Einfluss auf die wallende Geschichte; deine Züge glänzen Licht vom Ewigen her, und deiner Hände Werk wirkt als ein Segen im gewellten Teich der Unruh vor den Toren einer Wohnstatt unerschöpflicher Glückseligkeit und Ruh.

2.14

Nie wieder wirst du rückwärts schauen, wenn du einmal nur dein letztes Ziel gesehn. Du wirst dein Lebensglück darauf erbauen und Schritt um Schritt in seinserfüllte Weiten gehn. Was trostlos war, wirst du zum Bessern führen, was sich vom Unheil nährte, wird die Kraft des guten Worts verstehn und was sich noch im grössten Aufruhr wunderbar bewährte, wird siegesfroh die Freudenwimpel vor sich wehen sehn. Du sprichst dich als ein Heilgewordner selber an und merkst, dass Ich Mich so in dir bespreche; es mag ein Tadel sein, ein Hauch von Güte mag dich überwallen: Immer Bin Ich dabei deinem Wesen innig zu Gefallen. Ich weise dir, was deinem Werdegang am besten frommt, mit unabänderlichem Sinne zu und überschütte dich mit seinserfüllten Gaben; du brauchst nur zuzugreifen, um dich an der hochgebenedeiten Fülle zu erlaben. Ich trete deiner Spur voran im Sinn des wohlbedachten Unterweisens, Bin dir tätige Hilfe himmelan, erweckend was du Bist in deines Daseins Schlummergarten.

Nun komm von Stund zu Stunde auf Mich zugeflogen, sei einem Aar gleich Meiner Lüfte Kamerad, und überschau dein Sein im wundervollen Bogen, den Ich dir zugemessen hab. Erwarte alles, was von Höhn mag kommen, die weit und lichterloh ob deinem Haupte stehn, und bade dich in dem, was wie von hunderttausend Sonnen dich in Meinen Räumen will umwehn.

Ich hab dich nie und nimmer noch verstossen, weil Ich Mich selber bin in dir, und will dich sehn als Grosser bei den Grossen, die ihrem Lebenselixier, dem wahren Sein, die Treue halten. Wie du erhoff Ich Mir den Umbruch im Getue, das auf und nieder wallt in unvollendeter Manier, und weihe deinen Sinn dem Wohllaut einer Ruhe, die, Meinem Sein entströmend, Harmonie verbreitet im Allhier.

2.15

Da scheiden sich, da meiden sich die Geister, wo sich kein Handel mehr dem Wandel auferlegen lässt im ben. Lautre Wahrheit muss auf jener Seite gelten, wo das Lichte, Menschenwürdige und Seelentraute seine Heimat findet; Lüge, Not und Pein verbreiten sich im geistlos technischen Getriebe.

Immer kann der Einzelne aus innrer Gotteskraft zum Guten streben, kann Strapazen, Furchtgefühle, Drohgebärden und Verluste überwinden, wenn er sich von Seinsvertrauen, Dankbarkeit und Weisheit des Entscheidens leiten lässt in seines Handelns Euphorie. Es klingt ihm wie ein Wunder, wenn er, seinen Lebensweg betrachtend, einsieht, wie geschickt er zwischen soviel Klippen und Gebresten sich hindurchmanövrierte, ohne ernstlich Schaden zu erleiden.

Alles, was dir so geschieht, will dich zu höherer Einsicht führen, zu Dezidiertheit, Unerschrockenheit und Tugendhaftigkeit, die dich zum Ziel des Menschenwerdens navigieren. Wenn du nur willst, kann nichts dich daran hindern, ein tiefgefasstes Dasein zu entfalten, das Herzensgüte, Wohlverstand, Verehrung und Bewusstheit in sich schliesst von einer Qualität, die einer überird'schen Fügung zuzuschreiben ist vor deinem staunenden Erfahren. Tag für Tag und Stund um Stunde bist du so in seinsiebendiger Weise in dir selber aufgehoben als Erkennender und Wohlvertrauter hundertfältiger Gnaden. Leise, weise gehst du wie auf Sammetpfötchen deinen Weg des innigen Beglückt-seins ob der Einsicht, dass du Bist und dass kein Schauer dir die Wonne reinen Seins verwehren kann, die dir im Weiheakt des Schauns beschieden ist und zugesprochen von der Geistwelt, die dich still umflort.

Wie von einer vollen Halde darfst du ewig graben, wenn du seinsgenügsam und bescheiden deiner

Seelenwanderschaft Genüge leistest und kein Tor verpassest, das zu himmlischem Entzücken führt und Anmut des Begreifens. Leichten Fusses trägst du dich im Zeichen des Gehorsams und der Zuversichtlichkeit dahin, wo Gärten der Hold-seligkeit erblühn und aller Sanftmut Glorie dich umfängt im seinserfüllten Harmonienreigen.

2.16

Wo sich keiner mehr verspricht, da spreche Ich Mein Amen in die Wucht des Zeitenstroms; wo alle Stricke reissen, da reise Ich zu jedem der da will, sein Reich zu festigen und ihm den Zauber seines Seiens darzulegen. Mehr denn je beforme Ich das zu Gestaltende nach Meines Willens schöpferischer Allegrie und setze Meiner Kräfte Hebel an die Stätten farbenfrohen Glutens. Wo die Freudenwimpel flattern, ist die Helle Meines Himmels mit im Spiel; wo Freund zu Freund sich findet, ist der Bund von Mir gefestigt und der Strom der Sympathie von Meinen Zügen angetrieben.

So, wie Ich walte, waltet keiner in der Schule der Gerechten; wem Ich Mich verkaufe, wird nichts weitres zu ergattern suchen. Unbedingtheit und Vertrauen sind hier mit im Spiel; schlafwandlerische Sicherheit im Umgang mit den Lebensdingen ist das Zeichen Meines Eingriffs in die turbulenten Szenen. Was Ich einmal wollte, ist für alle Zeit getan; was immer sich geziemt, weiss Ich am besten zu gewähren. Bewahrer und Beförderer Bin Ich von höchster Ambition im wirkenden Elan, der Mir zu eigen. Als Selbsterkenner der Gesetze, die Ich schuf, erweise Ich den Wohlgesinnten Referenz und taufe sie mit Meines Namens herbem Wohlklang in der Melodie des fürstlichen Belohnens.

Jeder Gabe Meiner Huld ist des Verschenkens Mut und Milde beigefügt, und seine Süsse raschelt nicht wie Noten, die die Seele allsogleich versklaven wollen. Jeder Lotterie und Lotterei Bin Ich abhold im Ernst, der hinter allem steht, was Ich verbreite. Kasper spielen und mal dies, mal jenes anzutippen, ist nicht schwer; doch seine Wünsche über Jahre bei der Stange halten bis sie sich erfüllen, fordert Heldenkraft heraus und ist nur in der Seinsgeduld gewissenhaften Übens zu erlangen.

Merk dir: Ich Bin dies und das und füge Mich dem Sein in Minne und Gelassenheit, in Tugend und Entsagen. So gewinnt Gestalt, was Ich hier meine und verbreitet sich im Equilibrium des freien Sich-Entfaltens, wies die Bäume vor uns in den Wiesenfeldern tun. Stilles, stetes Wachsen ehrt den sinnenden Begründer der Behutsamkeit und lässt die Knospen ihren Gang zur Blüte seliglich vollenden.

2.17

Du schweigst, derweil Ich dir die Leuchte des Erkennens setze vor den Blick ins Ewige, in dem du deine Gründe findest. Eine reine Freude kommt dich an, wenn du ermissest, dass dir Himmelskräfte bildend, hegend, unterweisend und besänftigend zur Seite stehn im seinsverwandelnden Getriebe deines Dich-Erlebens. Sie fassen dich in ihrer Weisheit Strömen und versehn an dir ein Werk der flutenden Barmherzigkeit mit allem, was sie zu dir tragen.

Wie nimmst dus auf, ist hier die Frage. Lässest du dein Schicksal sich an dir zerrinnen ohne Einfluss, ohne Lernbegier und voll von Bitterkeit und Klagen, oder weisst du dich in einem Feld des Seinserblühns, in welchem dir der Wind der Tage beibringt, wie man schön und stark wird und erfüllt von Seelenharmonie? Deiner Wahl und deinem Tun gerecht wird alles sich vollenden, was da lebenssüchtig dich durchschwingt und nach Befrieden und Befreien ruft im Tiegel brodelnder Usanz und stillendem Begreifen.

Du bist bewirkt und wirkst aus eignem Antrieb weiter am Gewebe deines Wesens; du veredelst, dich verbündend mit den Edlen, was in deinem Blute liegt und was der Wärme, Milde und Beschaulichkeit bedarf, um rein und adelig zu werden in Geduld und Fahnentreue durch die Zeiten. Begreifst du dich als auferstehend aus der Fülle guten Rats, die nährend und erklärend dich umgibt, so strebst du gradewegs dem Ziel entgegen wahrer Menschlichkeit und Göttlichkeit zugleich in grandioser Weise des Vereinens zweier gegensätzlich scheinenden Ideen.

Liebvoll waltend und Gerechtigkeit verströmend wirst du dann im Weltgefüge stehn, das von Unendlichem zu Endlichem und wieder himmelwärts sich spannt im Bogen der äonenlangen Wirksamkeit des Seins im Hin- und Wider-Fluten. Du bist als Es im eignen Wogen ein Gewaltiger des Schöpfertums, das sich verkreist in den Gestirnen, wie den Menschenhirnen ohne Unterlass im Zeugen einer Historie von wilden und gezähmten Taten, von Aufruhr und Befrieden, bis das reine Sein sich wieder in bewusster Seligkeit erfindet als das Eine, das da Ist und seine Stätte in sich selber, wonnevoll und weise, etabliert.

2.18

Von Mal zu Mal verschieden ist, was scheinbar gleich und gleichen Sinns daher kommt in der Daseinsliturgie. Traf dich ein Wort, verletzte dich und liessspontan dich deinem Sinn zuwider handeln, lockt dir dasselbe Jahre später nur ein mildes Lächeln auf die Züge und bewirkt Verzeihen, heiter, wohlbedacht. So trittst du dir selber in der Welt gereifter und gesitteter entgegen in dem Mass, in dem du, mit dir ringend, lauter wirst und seinserhaben.

Nichts verliert sich im Gewind der Zeiten, ohne dass es Spuren hinterlässt, die sich wie rote Fäden zäh an deine Fersen heften und dir, im Zurückschaun, deiner Taten feinste noch mit Fleiss vor Augen halten, bis du, aus Kraft und Weisheit schöpfend, doch dein Sein gewahrst rundum im reinen Lichte des Erstaunens. Dann ist alles wie verwandelt und mit sich selber seelenvoll vermählt im Einen und im einigenden Selbstverstehn. Du Bist und reichst dir selber Myriaden Hände, die voll Eifer Wohl und Weh verbreiten, deiner Willenskraft gemäss und immer noch von eignen Flausen missgeleitet auf der Lebenstour.

Ausser Rand und Band gerät, was dir nicht zutiefst zu eigen in der Halle der Vernunft und im dezenten Offenbaren wunderwirkender Natürlichkeit im Leicht-Sinn des Dichrein-Bewahrens, tugendhaft und schön. Jede deiner Gesten kann Mein Sein zu Höherem führen in der Allwirksamkeit, die ihr zu eigen. Widersprüche ziehen Mich hinab und fordern fliessende Vergeltung, bis die letzten Trümmer sich gefunden haben in dem einen Bau, der Ich Mir Bin und der mit unnachahmlicher Grandezza sich als All und alles präsentiert in Harmonie und seinsgesetzlichem Behagen.

Trautheit setzt sich an die Tische mit den Wohlvertrauten reinen Seins in Seelenaugenfrische und voll seliger Gestilltheit, die sich vom Geheimnis und vom Nimbus nährt des Weiselosen, dessen Braut sie ist und zärtliche Gespielin. Holder Anmut liebedurstiges Gehaben führt sie in den Tempel des holdseligen Tanzes um die Mitte und das Mass des Absoluten, das Befreien wirkt, des Lächelns Wonne und die Liebenswürdigkeit des Sich-Vergebens an ein märchenhaft beglückend Spiel.

2.19

Das Dach der Welt ist himmelweit und wunderschön von Anbeginn in seinem Gluten. Was gibt es besseres zu tun, als sich ihm einzufügen im Vollenden eines Menschentums, das sich vom Punktsein auf der Erde ins Unendliche der Sphären hebt? Was befriedigt alles Langen, wenn es nicht die Wohltat ist des Seinserkennens, das vom Ausserirdischen zur Innigkeit des Wesens strömt, das sich ihm ganz dahingegeben?

Wahr und lauter sein heisst Alles zuzugeben, was noch ungeschliffen, dürftig und banal in dir sich breit und rüstig machen will. Das macht dich offen für Veränderungen, die wie Samt und Seide in den Seelenlüften liegen und dich neu bekleiden und begeistern wollen, wie dus möchtest im Gedankenspiel. Lösung der Probleme des Allwerdens kann nur aus der Einsicht in das Einssein von Geschöpf und Schöpfer fliessen. Seinsnatürlichkeit umfasst das Ganze einer Welt von Scharfsinn und Geschäftigkeit, wie Losgelöstheit und unendlicher Bewusstheit in der Klare reinen Seins, die von sich selber weiss zu schweigen.

Töpferst du dein Bild, so werden es die Wirbel der Gezeiten bald zerschlagen; lässest du es wie ein Wunder aus der Mitte deines Wesens fromm und würdig auferstehn, so wird ihm Hilfe aus dem Ewigen kommen, das da wartend will und weiss, was jedermann gebührt in seinen Schauern. Runden will Es alle offnen Kreise, will Seinsgerechtigkeit, wo noch das Unrecht schwarze Blüten treibt und Helle, wo die Trübnis will die Sicht beschlagen.

Ja, es ist noch viel und vielerlei zu tun, bis die Gewissheit in den Seelen leuchtet von dem Gotteswerden, das da in den Wehen liegt seit Urzeit und von dem wir Teil sind, winzig zwar und doch in seiner seinsillustren Qualität bis ins Unendliche getrieben. Nichts ist zu fürchten, wenn der Sinn-kreis

Erd- und Himmelweiten wohlgemut umschliesst und Wonne feiert des Erkennens einer innigen Ebenbürtigkeit mit allem, was da Ist und Seinstriumphe zelebriert.

Ungezähltes wird zum Einen in der Wahrheit des Empfindens, wie im seligen Erwidern einer Schau von Grösse und Gedeihen in Brillanz und Lichtheit ohnegleichen.

2.20

Was huscht dahin an Unvergänglichem, scheu wie ein Reh und kaum zu fassen in der Euphorie sich bildender Gedanken? Du, als Geistgebilde, das sich zeigen will in reiner Schönheit, Makellosigkeit und in der Grazie des Überirdischen, die Seinserfüllen in sich trägt, erstrahlende Bewusstheit und den Zug, Unendliches wie Endliches in sich zu fassen. Wachsende Potenz und Siegeslust im Guten sind in dich gegossen ebenso, wie Einsicht in die wunderbare Himmelspyramide, dargestellt von Mächten, Thronen und Gewalten, deren Saum dein Wesen in sich birgt und zur Entfaltung bringt in grandiosem Disponieren. Wie die Perle schmückst du ihres Kleides schimmernde Textur; als Erlöster bist du ihres Wesens funkelndes Geschmeide in Gesellschaft derer, die da sind und lächelnd ihres Daseins Heiligkeit und Würde überschauen.

Du gestehst dir Dinge zu, die weit, weit über dem Erreichen vieler Zweifler liegen, die das Ufer wahrer Wirklichkeit und Daseinsherrlichkeit nicht sehn. Sie schweigen brummend noch, derweil du Hymnen intonierst ergreifender Glückseligkeit im Chor der Wonnestrahlenden und Heilen. Wachsam bist du in Bezug auf alles, was an Ewigem dich umflutet und was Stärke, Sicherheit und Güte spendet deinem Zustand des Bewegtseins her und hin und leicht und leise in den Seelenfibern.

Trunkener des Seins darfst du dich nennen allsobald, wie du den Tross der Rechte, deren du dich sonst bedienst, dahingibst, einem Höheren zugut, das sich voll Sanftmut zu dir neigt, um dir die Weisheit des Unendlichen einzugeben. Welcher Spielraum des Gestaltens offenbart sich da; welche Seinsverspieltheit kräuselt das Gewissen des Erwählten und gewährt ihm glückerfülltes Handeln aus der Ruh der Seligen, die Hintergrund und Szene fein durchwogt im auserlesnen Götterspiel.

Du Bist und nennst Allwesen, was dich hält im winzigen Dasein wie im Allraum deiner Seinsbewusstheit sondergleichen, deiner Weiselosigkeit, die nichts mehr sein will in der Wonne reinen Sich-Erfühlens. Lichtheit, Harmonie und Wesensstille sind dir Zeugen des Erreichten; Heiterkeit und Frieden deine Bürgen im Erleben aller Zärtlichkeit des Ewigen in dir.

Wissenschaft der Weisen

3.1

Wir treten in den Dom der Geisteswissenschaften, um darin die höchste Menschenweihe zu empfangen. Wahrer Fortschritt wird hier offenbart, der Lebenssinn gestärkt und dem Vertrauen in die weise Weltenführung weiter Raum gewährt. Soviel Rätselhaftes findet sein Erklären, des Auferstehns Gebärde zieht sich über die Gemeinde hin, die ihren Ernst und ihre Tatkraft hier verwendet, um immer weiter ins Gebiet des Übersinnlichen zu stossen.

Prüfe dich, und überlege, was dich wirklich weiterbringt im Leben in Bezug auf inneren Reichtum, Seelensicherheit und Zuversicht, dem neuen, wunderbar geklärten Sein entgegen. Ist die Drangsal solcherweise überwunden, öffnen sich dem frohgemuten Blicke Horizonte von unsäglicher Bedeutsamkeit und Schöne, als Verlockung, Aufruf und Bestimmung zum bewussten Vorwärtsstreben.

Machbar sein heisst hier, den Sinn erfassen eines grandiosen Wachsens kosmischer Dimension, in das vom Kleinsten bis zum Überwältigendsten alles eingebunden ist, was Ist und was durch Willkür, Tugend und Erbärmlichkeit, durch Hochgemutheit, Wachsamkeit und Schöpferwillen zunimmt an Bewusstheit und Gewährenlassen eines Höher'n, das da will sich in Grandezza, Grazie und schützendem Erbarmen in das Weltgewoge giessen.

Machst du liebvoll und verständig mit, ist dir geholfen; lässest du dich von den eignen Launen und Gelüsten treiben, machen dir die Seinsgesetze mehr und mehr zu schaffen, bis du einsiehst, welche Wege wahrhaft aufwärts führen.

Bestimmung ist ein Weltendrang und kann vom Einzelnen nicht hintergangen werden ohne Schaden für ihn selbst und für die blühende Gemeinschaft der bewussten Förderer des grossen Plans, der hinter allem lässigen Begründen Grund ist der allweiten Evolution ins Sein, die sich zur Ruh entlädt im

Stürmen, zur glückseligen Erhabenheit im Lächeln des Gestiltseins von jedwelchem Wahn.

Gewährst du dir des Staunens wachsende Geläufigkeit im Wandel deiner Selbstheit, wachsen Flügel dir zum endlichen Begreifen des Holdseligen, das in dir west und das voll Trautheit sich dem Ewig-Werdenden verbindet im Natürlichen wie im Noch-nicht-Erklärten, dem wir ohne Wenn und Aber unausweichlich unterstehn. Dem Namenlosen singst du dann des Herzens Gloria, dem leis Bewegenden den Dank für soviel Inbrunst des Gestaltens und Verwaltens, wie dem innewohnenden Agens der Güte die Bewunderung für soviel Seinsgeduld im ewigen Sich-Vergeben.

3.2

Gelächter über Unverstandnes ist nicht schön. Du urteilst wider bessres Wissen und verrammelst dir die Sicht auf seinssubtile Dinge, die in weitem Umkreis um dich stehn. Wahrhaftiges Ergötzen sollte aus dem Lächeln über eigne Floskeln und Verstiegenheiten strömen, die dich ach so jämmerlich erscheinen lassen vor der Wissenschaft der Weisen, die mit ruhevollem Blick das Wahre und Erhabne hinter allem sehn.

Gefährte überragenden Gebietens bist du, ohne es zu wissen, wenn du so nach Lust und Laune deines Tages Soll erfüllst und deine Sinne nach dem Takt unzähl'ger Angelegenheiten ihre Vehemenz versprühn. Dann hältst du plötzlich inne und gewahrst dein Treiben als ein Wirken wie im Schlaf in tagelanger Unbewusstheit, heiter oder voller Trübsinn vor dich hin. Wie ein Fischlein aus dem Wasser sich ins azurblaue Luftreich schnellt, so siehst du dich ins Überschauen deines Lebensmediums emporgehoben. Einer wunderbaren Leichtigkeit des Herzens zugetan, erfreust du dich am Sein so, wie es ist, in seinen Wirkungen und Proben, seinen Widerwärtigkeiten und gefälligen Errungenschaften deines Strebens. Du weisst: Ich Bin und kannst es niemand als ein Griffiges erklären, der nicht selber es erfährt und daran sein Entzücken findet.

Leistung innrer Weise zählt, um so zu werden wie das Leben es verlangt, das immer Glück will, Wohlbefinden und Erlösen.

Weis den Faden nicht von dir, der dich hinaufführt zu den Höhen eines Wohlverstehns von ausgesprochner Dichte und begehrenswerter Klarheit in der Seinspotenz, die jedem innewohnt und jeden will zutiefst erlaben. Indem du vor dir schweigst, beginnt ein Würdigeres und Gezähmteres in dir zu reden, das sich als das Weltgewandte und Gerundete erweist in jeder seiner Äusserungen. Du gewahrst in ihm den Himmel über dir und lässest dich von Seinem Weisesein mit Wonne und Gelassenheit durchrieseln. Unerschöpflich ist Sein Wehn in deinen Niederungen und bezaubernd Seine Dienste überall im Werden und Gestalten, im Erwachen und Bewusst-im-Lichte-des-Unendlichen-Stehn.

3.3

Willkommen sei Es als die Hefe unerbittlichen Rumorens im Sauerteig des Weltgewühls von eigensinnigen Gnaden. Von vielen bös genannt ist, was Es wirkt und was doch immer Gutes schafft, sowie man weiss, die überschauende Bilanz zu ziehn. Was ist Kranksein, wenn nicht eine Korrektur bewirkende Affäre, die das Menschentum vorantreibt auf dem Weg zum Besseren, Bewussteren und Hingegebeneren an ein lenkendes Agens der Güte, Weisheit und Erhabenheit von überirdischer Manier. Was verfehlt ist, ruft die Karmakräfte auf den Plan, die auf die wunderbarste und so wenig noch verstandne Weise Ausgleich schaffen im bewegten Schicksal Einzelner, wie ganzer Völker, über Generationen hin. Karma ist kein Kinderspiel das foppt und neckt aus perlendem Vergnügen, aber ein gesetzerfüllendes, Vollendung schaffendes Bewusstsein, das die feinsten Motivationen registriert und daraus neue Schicksalsfäden ficht ins Tuch des Werdens und Verrottens aller Angelegenheiten.

Du bist ohne Zweifel einem Abergrossen untertan, das sich im Weltgewoge äussert und dich machtlos scheinen lässt, bis du erkennst, wie sehr du selber Es bist bis zum letzten Nerv und bis zu jedem Tropfen Blut, der dich belebt und den du sich verkreisen siehst auf eigenwilligen Bahnen. So nichtig und zugleich so wichtig bist du in der Parodie des Weltentreibens, so in dich versunken und so offensichtlich eines Überschauenden Gebärde, dass Erkennen Jubel intoniert und zielbewusstem Handeln Tor und Türen öffnet, bis die Ströme des Vollendens ungehemmt zum Meere fliessen.

Sein ist Meer und Sein bedeutet Fülle in der Leere des bewussten Innehaltens und des lächelnden Begrüssens dessen, was da kommt und geht wie eine Barke, die von ihrem Ursprung und von ihrem Ziel nichts weiss und deren Ruder Menschengötter in die Ferne tragen. Komm, und sieh dich selbst in deiner Eile wie in deinem Ruhn, und sei in allem, was du bist: Glückseliges Verspielen.

3.4

Gewandert auf dem Sonnenstrahl ins volle Licht und in den Freudensaal der Sphären. Vollkommen vom Mysterium der Helligkeit umgeben, weiss die Seele sich in dem geborgen, was ihr ewige Heimat ist: Erfahren reiner Wonne und bewusstes Dasein in der Einheit aller Wesen. Weiselos geworden, fühlt sie sich in aller Weisheit Schoss, bedenkenlos - vereint mit allerhöchsten Denkens Fabelhaftigkeit im Guten. Eines wunderbaren Gleichmuts Strömen lässt die Heiterkeit in ihr erstehn, die Hingegebnen zukommt und Gefassten weiter hilft in ihrem Streben.

Grazie des Augenblicks ist das zu nennen, was errungen werden kann mit Willkraft, Ehrfurcht, Traulichkeit und Losgelöstheit in erhabener Manier und was von lispelndem Geführtsein weiss ein Wörtchen zu erzählen. An der Grenze stehst du und schaust vor- und rückwärts, her und hin und kennst dich wieder als ein Unikum des innewohnenden Elans, das aus sich selber tritt in Kraft und Stärke, Nonchalance und überbrodendem Kreieren neuer Seinsgegebenheiten in der Aliheit aller Wesen. Du benimmst dich wie ein Fahrende; der Blümchen zählt und der den Duft der Weisheit in der Wiege schon gerochen, der ihn durch das Leben führt als mit der Sicherheit des Ahnens. Als Davongelaufener wirst du den Vielen bald erscheinen, wenn du aus dem Gatter des Gewohnten ausbrichst und beginnst, dich um das Wesenhafte mehr zu kümmern als um Fleisch und Brot, mehr um den Jubelsang der Sterne, als um gleissende Bordüren.

So du dir selbst vertraust, mag dir das Weltgetöse nicht mehr imponieren; so dich das Sein erbaut, bist du ein Pfeiler mitten in den Strömungen der Mode und ein richtunggebend Feuer in der Nacht und Macht des Unverstands, die sich so trefflich weiss im Vielerlei zu etablieren.

Eine feine, reine Reise steht dir noch bevor, wenn du das Glimmen anfachst in der Herzensgrube und den Wohlverstand vor deine Droschke setzest, einem neuen Weltsein und Gehaben würdevoll entgegen. Kummerlose Nächte sind dein Los und ewiges Sonnenstrahlen deines Schauens Friedefertigkeit in Mir.

3.5

Gewinnst du Boden, musst du auch bezahlen mit dem Überschuss an Kraft, den du im Feld des Lernens und Gehorchens dir errungen. Du teilst des Geistes Gaben aus an alle, die in deinem Umkreis ihren Handel treiben und beförderst, was sie sind, auf seinssubtile Weise, wortlos im Tagesreigen. Hilflos ist das Herz, wenn es nicht Stuf um Stufe weiter hingeführt wird zu den Quellen seines wirkenden Elans, zum Hoffen auf ein Glorioseres in seinen Runden und zum Höherstecken seiner Ziele.

Ich steh hinter allem, was du antreibst und vollendest; Mein Bedeuten streckt die Finger aus, wenn du die deinen keck zur Tat bewegst; nach Meinem Mass musst du in deines Messens Abrakadabra tanzen. Ein Bild, ein Schwick, ein Schatten huschte vor dir her: Mein Wink des zärtlichen Erinnerns, Mahnens oder Tröstens in der Wirrnis deiner Angelegenheiten. Mir verdankst du alles im Persönlichen, im Erdenrund und im Verbund der Sterne, die nur scheinbar sprachlos über deinem Haupte stehn.

Lass es gut sein, wenn Ich dich beschatte und bemuttere: Die Freiheit bleibt dir einer Wahl ins oberflächliche Verpuffen deines Sinngehalts, wie ins Vertiefen deiner Werte, dass sie Blüten treiben, Früchte der beschauenden Vernunft und endlich sich im Seinserkennen königlich vollenden. Baue, traue, pack das Gute taktvoll an, und meistre jeden Unmut, der dich will befallen. Hinter dir versinkt das Hindernde an deinem Wallen; Weg und Steg erweisen sich als offenbare Bahnen deinem Tritt voran und bringen dir Genügsamkeit, Erbauen und Erlaben.

Gewährst du dir das Meine, läuten alle Glocken Heiterkeit und Mut in dein Gewissen, und die mahlenden Minuten gleiten wie der taue Sommerwind dahin, der Freude und dem Lobpreis hingegeben. Du verpfändest dich dem Glück, wenn du in Meinen Hallen antrittst zur Bereicherung und zum Erbitten einer Gabe wahren Wohlstands, makelloser Sittlichkeit und unerschöpflichen Genügens.

Was du dir in Mir erwählst, beflügelt dein Beginnen und befähigt dich, Mein innewohnendes Juwel, wahrhaftigen Glänzens deinen Weltenweg zu gehn. Verbreite Herzensjubel - und die Ernte wird Mein Zeichen sein auf Stirn und Wangen - des Erlöstsein in des Liebelächelns Auferstehn.

3.6

Mach es dir zur Pflicht, dem Tag mit Andacht und Beschaulichkeit den rechten Start zu geben. Sammlung tut dir not auf was du Bist, indem du dich bewusst erhebst aus deiner Ahnungslosigkeit in einen Zustand des Gewahrens deiner Selbst als sinnerfülltes Wesen. Du schweigst, derweil Erkenntnis dir die Dinge deiner Welt in ihrem wahren Wert erklärt und dich dem Höheren gehorsam macht, das in dir west in unverwechselbarer Weise des Gestaltens und Erhebens, des Befruchtens und Verleihens einer Seelenwonne sondergleichen.

Zug um Zug erweist sich dir das Leben als ein ewig perlendes Kontinuum aus Kraft und Süsse, Adel und Vortrefflichkeit, das in sich selber eins ist und in der Wucht der vorwärtsstürmenden Äonen äussert, was es will im Menschlichen gebären. Du bist sein Wille, bist sein Vorspann und sein Rad im Rollen der Gewitter, wie im seligen Geniessen einer Mittagssonnenruh in harmonieerfüllten Tagen. Ob du geneigt bist, es zu spüren als das allergrösste Ideal von Weisheit, Wirkkraft und Gelingen, oder ob du seinen Anruf keck verschmähst: Es wogt und brandet in sich selber und in dir dem Sinnbild einer gloriosen Zukunft unentwegt entgegen, die aus Einsicht, Wachheit, liebvollem Hingewendetsein und

Himmelsseligkeit besteht.

Erwarte nichts, was du nicht zu erringen auch bereit bist in Geduld und Güte, schaffendem Elan und wohlgemessnem Einsatz deiner Kräfte an den Stellen grösster Wirksamkeit und Trefflichkeit des Wohlgelingens. Leiste dir den Aufwand, wahr zu sein dir selber gegenüber, wie den Tücken, die dich für sich einzunehmen trachten. Decke auf, was unrein in dir modert, und erweise dich als deiner guten Seiten Kamerad, mit dem du frisch und fromm und frank und frei durchs Leben ziehst, Unendlichem entgegen.

Dein Ich berichtet dir: Ich traue es dir zu, dass du mit Anmut, Wohlverstand und Stärke des Empfindens vor dir und der Welt einhergehst als ein Hochgebenedeiter, als ein Wissender und Meister der Gelassenheit, vereinend göttlichen Befehl und menschliches Gehorchen in der Siegestat bewussten Seinserlebens.

3.7

Dankbarkeit und Grazie des Gelingens sollen dich begleiten durch die Wiederkunft der Tage deines Wirkens am erwählten Gottesideal. Nichts verpassen soll dein Augenmerk von dem, was völlig unbescholten und beweglich in dir, um dich und in allen Weiten deines Seins dich inspiriert und bildet, wachruft, zähmt und züchtigt, heilt und heiligt bis du mit ihm eins und einig eines wunderbaren Werkes Auferstehn vollbringst in reichbegabten Tagen. Malerisch ins Majestätische gebettet sind die Niederkünfte deiner Gottnatur; Vollenden feiern deine Triebe reinen Phantasierens in der Zucht gewissenhaften Lauschens. Immer ist Es da, die Würde zu bewahren; allezeit besänftigt Es den Seelenaufruhr, der da will ins Ungebührliche entarten und berichtigt, was noch Stückwerk war in deinem wilden Wagemut vor Seinen Toren.

Es hebt deinen Arm, wenn er im Kampf um neues Land erlahmte, tritt an deine Stelle, wo du nichts mehr vor der Übermacht der Lebenswogenei vermagst und hütet, was du Bist in lichtdurchschossenem Erwarmen. Deine Rede soll ein einzig Loblied sein auf soviel Güte, die du immerzu erfährst; aus deines Herzens Tempel soll der innige Dank empor zum Vater aller Dinge fahren.

Nichts kann dich narren, wenn du frohen Muts das Sinnerfüllte weitertreibst in deinem Stundenschlag und gradewegs aufs Ziel gerichtet dem obliegst, was du als Pflicht erkannt hast in des Ewigen Verfügen. So erfüllt sich das Wahrhaftige und Ehrenhafte auch an dir und will sich an der Welt erfüllen durch das Rollen, Grollen, Strömen, Säuseln der Äonen. Was du wahrnimmst ist nur der geringste Teil von dem, was Ist in wohlverborgnen Gründen und was dich bescheiden machen soll in deiner Neigung, Überheblichkeit zu üben. Klammheimlich lächeln dir die Geister ihr Erbarmen zu, wenn du vermeinst, ein Grosser und ein Meister schon zu sein im Harnisch auf dem Weg zu neuen Eskapaden. Nur Es ist gross und grüsst dich in den Flammen deiner Inbrunst, Ihm zu dienen und ein Recht an Seiner Weise zu gewinnen, einfach da zu sein und Licht und Liebe zu verstrahlen.

3.8

Auferstehn ist dir vonnöten von jedwelchem Seinsbehindern, das dich an der Strippe hält in deinem vorwärtsdrängenden Elan. Du hissest dann die Fahne des Gerecht-seins an der Welt der wahren Wirklichkeiten, die hoch über allem steht, was kreucht und fleucht und pustest und gewinnt und fahren lässt im Glamour und Getriebe des Natürlichen. Zurückgezogen in die Freiheit der

Versöhnten, weidest du dich am ersehnten Gotteswohl und trägst dir und den andern nichts mehr nach,
was unrein, unfein und verwerflich war.

So etwas wie ein holder, ewiger Frühling hüllt dich
ein und lässt dich deine Lebensdinge gnädiger
betrachten. Alles Weh wird weggewischt von deinen
Wangen und ein Lächeln sonder Schöne offenbart
dein seliges Gestilltsein im Gehäuse deiner
wuchernden Affären. Diese Welt verdämmert, und
die neue, wunderbar gerundete, gesundete und
friedensreiche steht vor dir mit ihren traulich
hergereichten Gaben. Geläutert und gehorsam wirst
du sie empfangen und des Glanzes innewerden, den
sie dir verwehn; getröstet und in dich versunken
wirst du sein vom Leuchten der Erkenntnis, dass du
Wesen bist vom Ewigen, das rundum seine Kreise
zieht und Mittelpunkte schafft in denen, die sich
menschengöttlich sehn.

Geädert ist der Fels und Seinsgeädert sind die Treuen
der Verheissung der Gottseligkeit, die sich verbreiten will in alle Fernen williger Wohlgestimmtheit und bewussten Förderns einer Welten-
harmonie, die Seinsgeschwisterschaft begründet und
Vertriebnes sammelt und beschwichtigt und belehrt.
Von Herz zu Herzen wird das Feuer sich verbreiten,
das da Feind zum Freunde wandelt, Schund zu
Schönheit und Gerissenheit zur Demut am erkannten
Unvermögen. Alle Leistung lodert als ein Dankgebet
zum Himmel der gewaltigen Gestalter allen Tuns. Es
trägt sich ihnen an als sittsam dargereichte Gabe des
Vereinens aller Kräfte in der einen, abergrossen
Schar.

Willkür schwindet, und das Amen der Gerechtigkeit
und Angemessenheit tönt als ein jubelnder Gesang
von Raum zu unerforschlich weiten Räumen, deren
Teil du Bist im blühenden Bewusstsein deines
Sehnens, wie im Einssein mit dem Weiselosen,
Abgestimmten und in sich beglückten Liebesmeer.

3.9

Ins Bewusstsein Meines Seins gestiegen, demaskiert sich Mir des Lebelebens Wettlauf des Vergänglichen vor dem, was unantastbar von den Sternen in die Sterne greift und nimmer braucht sich um den Schwund der Wirklichkeit zu scheren. Höchst ungleich sind die Fechter, die sich da zum Kampf erhoben haben, weil der eine sieht, derweil der andre sich dem Wahn ergibt, gewandt und gross zu sein im Kämpfen, Siegen und Bestehn. Bald kommt die Stunde, wo er jämmerlich darniederliegt und weder ein noch aus weiss in der Fabel, die er sich erschuf. In sich selber stürzt er dann zusammen, und das lächelnde, bewusste Gegenüber wird sich als das Stärkere erweisen, unfehlbar, geschmeidig und gediegen.

Wie kommt es, dass so viele diesen Sachverhalt noch nicht gewahren: Weil sie wie geblendet vor der eignen Sonne stehn und eine weitaus grössere, umfassendere nicht zur Zierde ihres Schauens werden kann am Rand der Morgenröten. So geschiehts, dass jeder sich als Wunder aller Wunder auf die Lebensszene stellt - und von ihr purzelt, wenn der Gongschlag der Vergänglichkeit darüber hallt, vom wahren Meister angeschlagen. Gar bitter scheint dann, was dem Einzelnen geschieht, und dennoch hält ein gütiges Gesetz ihn in gewaltigen Runden auf der Bahn des Wachsens und-der Einsicht in die ewigen Dinge, die ihn jederzeit und hochbegabt umgeben.

Einmal kommt das fürstliche Ich Bin zum Zuge und verwandelt, was du bist, mit einem Schlag in eine seinsbewusste, selbstbewusste Offenbarung des Unendlichen, vor der die Weltentändeleien allesamt verblassen und vergehn. Du Bist und weisst dich in den Götterratschluss eingefügt von immanenten Gnaden und von einer Grazie des Gesundens an dir selbst, die jeden Hochrausch der Gefühle haushoch übersteigt und dich zum König macht in seligen Gefilden.

Was einsam an dir war, gewahrt sich nun in Seinsgeselligkeit mit einer Runde hoher Geisteswesen, deren Spruch voll Weisheit und Vernunft die deine wunderbar befruchtet und Gelehrsamkeit vermittelt von der feinsten Art und Wohlbekömmlichkeit, die allem Menschenvolk beschieden.

Das ist es, was dir frommt und was dich fromm macht dem Allweisen gegenüber, das Du Bist im Seinnatürlichen auf allen Stufen des Gewahrens oder Nichtgewahrens im gewaltig hingezognen Tross der Evolutionen.

3.10

Schuss und Ziel sind eins im Sinne höheren Betrachtens aller Weltendinge unter dem Aspekt der Einheit Meines Offenbarens. Jeder Gegensatz ist aufgehoben, wo die Fülle Meines einzigartigen Gehabens um sich greift, Bin Ich doch in allem alles in Gewissheit, Werdelust und seinsnatürlich dargelegtem Fluten.

Anstoss und Vollenden ist Mein Zug ins ewig spriessende und fruchtende, gewaltende wie minnevolle Allgeschehn. Dem Reiz des Schaffens myriadenfach erlegen, sende Ich den Fächer Meines Mich-Verstrahlens in das Räumewer-den, das Ich inszenier, gewaltiglich von Galaxie zu Galaxie, von ihren Mitten des Rotierens bis zum Äussersten der Arme, die aus Licht und Sonnen, hellen Dünsten und Vermummungen bestehn. Kommen und Vergehn im Grandiosen Bin Ich Mir, wo das Allwirkliche, im Ungezählten, Sternstaub wird und überwältigendes SichVerkreisen, wo Märchenstille herrscht und in der Signatur des Ewigen die Dinge abergravitätisch sich verändern. Was aufglimmt und erstirbt, wird in Jahrtausenden durchschritten, seinsbewusst im

Aneinanderreihen seelenvoller Taten.

Weihevoll, wahrhaftig und behutsam lass Ich Mir den Zeitlauf der Äonen durch die Gottesfinger rieseln. Allschauend, unfehlbar und unerreicht im tätigen Gedulden träufle Ich den Saft der Zuversicht in Mein Befinden und wirke, walle, woge Mich ins kleinste Bildnis Meines aberwitzigen Elans. Allem seins- und herzverbunden sprech Ich Güte, Zartheit und Empfindsamkeit ins myriadenfache Mich-Verteilen. Leistung ist nur in der Grazie des Lieblichen wahrhaftig gross und soll sich in die Demut eines Ganzen stellen, oben, unten, göttlich, menschlich, sagenhaft, beschaulich, schön. Nichts Bitteres soll sich ans Letzte hängen, das Ich will in Meiner Gleichheit mit der aberzähligen Bruderschaft, die Ich begründe. Nur Weisheit, Tugendstärke, seinserhobne Zärtlichkeit und Wille zum Versöhnen sollen herrschen. wo Ich Bin das eine und erhabene, vollbringenspendende und lichte Agens der Unendlichkeit, in dem sich alle Dinge sanft und lind und tauglich in gelassener Glückseligkeit verlieren.

3.11

Gefasst und heiter will ich jeden Tag gewinnen, was im Schlafe schon gefasst und heiter war. Es verlängert sich der Zustand des Gewissens aus dem Unbewussten ins Bewusste, aus dem eben noch Erkannten in die Schau von überirdischer Präsenz in absoluter Klare, Resolutheit, logischer Vernunft und Milde des Erhabenseins im Guten. Gerundet ist der Bogen vom Hinausgehn bis zur glückerfüllten Wiederkunft in dem, was Ist, und was die Göttlichen als allerhöchstes Ziel erreichen. Wonnesam und seinsgewiss ist ihres Feingefühls Gelassenheit im Raum der Stärke, Frische, Helle und gebieterischen Lust am Weitergehn. Transformiert ist alles in ein

Wogen und Beleben, ein Erkennen, geisterfülltes Wachsamsein und sinngeladenes Sich-Nütz-lich-Machen in der Breite, Weite und Erhabenheit des Allgeschehns. Ansporn wie Verhindern heizen Evolutionen-ströme an und lenken in die rechten Bahnen, was da wild will über alle Ufer gehn. Abschluss finden muss, was voll Begeisterung zu regen sich begann; Teile müssen sich zum Ganzen fügen, und Geziertes muss der Grazie unmissver-ständlichen Gekonntseins weichen. Fahnen-flüchtiges wird an die Strippe widerwilligen Gehor-chens angebunden; Selbstbewusstes wird belohnt mit höherem Bewusstsein und Erwecktes mit der Schau des Absoluten, das mit allem eins ist, ewig, selig, licht und wahr.

Das Höchste muss sich selber nicht beweisen, weil Es aller Kräfte Kraft bedeutet, aller Weisheit Weise und im Guten wie im Maledetten seines eignen Wesens Forscherzug. Keinen Drang nach Freisein muss Es fürchten, weil ihm stets die Nonchalance des Spielerischen zu Gevatter steht in seinen Seinseruptionen. Tragik oder Turteltäubchengurren sind ihm weiterführende Gewinne an Substanz und gutem Willen, die voll Verve in unbekannte Weiten wirken, zart und zierlich aufblühn und in grandioser Herrlichkeit vergehn.

Dem Realen still entwachsen will das Seinsgewoge, um im Weiselosen seine Ruh zu finden, als die Stätte steter Labsal, Makellosigkeit und Weichheit des Gewissens in dezentem Selbsterfahren. Fein und zärtlich finden sich Gedanke und Gefühl in unverbrüchlichem Umfangen und befrieden sich im hell empfundenen Gesang der Harmonie, der sich im Schweigen feierlich und schön zum Sein gesellt in ewigem Genügen.

3.12

Fromm sein heisst: Ganz unten und ganz oben einen Faden Endlichkeit fixieren. Das Unerforschliche nimmt alles lächelnd an, was du Ihm zuträgst an gewinnenden Gedanken und herzinnigem Gefühl. Es schweigt und schweigt, soviel du auch an seinen Toren rüttelst und dir seine Macht herunterbettelst in den Aufruhr, den du und die Myriaden produzieren. Denk dir, dass Es menschlich sich verhielte, und sogleich wirst du erkennen, wie verheerend sich die divergierenden Gedankenstösse, alles Wunschgezeter und die Eskapaden der Gefühle potenzieren würden in ein seelenloses Wutgeschrei, wenn Es nicht hoch und heilig, vornehm, zielbewusst und seinsharmonisch Seines Weistums Fülle ins Natürliche strömen lassen würde nach den Massen der Unendlichkeit, die allem wohl will, und Vernunft mit Tauglichkeit vereint in Seinem Räsonieren.

Was dich betrifft, so wirst du schon erfahren, wie aus dem grossen Schweigen mählich sich das Echo des Erkennens zu dir niederbeugt und dir Wahrhaftigkeit bekundet, Sinngefühl für jegliches Geschehn und schliesslich blanke Freude an der Virtuosität, mit der sich das Ursächliche ins Offenbare giesst und überall die Seinsgerechtigkeit lässt walten. Bald wirst du vor dir selber schweigen und statt immer mehr zu wollen, eine Bleibe finden im betrachtenden Gebet und im vollendeten Ergeben an das Höchste, das da in dir will und sich an deine Wunderwelt vergibt im Blütenreichtum Seines Strebens. Nur so und so viel und so wenig wird von dir getan, derweil die Himmelskräfte ständig, mühvoll, sanft und sicher an dir wirken wie im Märchen in verwandelnder und seinsbeglückender Manier. Des Staunens voll wirst du erfahren, dass alles dir zu Recht geschieht, wie allen Wesengliedern eines abergründlichen und grossen Einen, das sich scheu und mächtig, schnell und melancholisch, scharf und fad, verrenkt und graziös gebärdet über alle Lande hin, die Es beackert und begrünt, bescheint, beschwichtigt und bewusst ins Seinserhabne führt, aus dem sie ihr Bestehn und ihre Wirklichkeit gewonnen.

3.13

Welken und Hinübergehn und Neu-Geborenwerden in der Heiterkeit der Sphären, einem Freundespakt gemäss mit dem Unendlichen in dir. Gelöstheit führt zur Einheit mit dem Jetzt und dem Vorübergehn der Zeiten, Wohlgemutheit: zur Erinnerung an was du bist, in deinem Vollends-dir-Gehören.

Eine ewige Bleibe hat, wer auferstanden ist von seinen Herzensnöten in die Schau des allerfüllenden Erbarmens einer Gottheit an der Welt der Dinge, Kräfte, Wesen, Wirkungen und Illusionen. Sich verlassen heisst, im Andersartigen ein Wiedersehen feiern, heisst, Allweiten um sich scharen, um in ihnen reines Freisein, holde Zartheit des Empfindens, wie Vereintsein mit dem Unergründlichen zu finden.

Ist Es hier in dir, so weisst du, dass du Bist und dass es dir wohl ansteht, dich als strahlendes Ich-Bin-das-ewig-Gute zu benennen. Du äusserst dich nicht mehr, derweil Es leise seine Stimme geltend macht im Spruch: Ich Bin dein Wort und deine unerschütterliche Gradheit im Gedankenperlenzüchten. Folge Meinem Rufen in der Wüste des Bedeutungslosen, dessen wanderndes Erheben keinen Halt gewährt, und finde dich in den Oasen Meiner Ruh in deinem Seelengarten. Keine Unbill kann dir das ertöten, was du Bist im gloriosen Stand lebendigen Erglutens an dir selbst und an der Weise deines Dich-Erkennens als ein Meer von Fabelhaftigkeit und süssem Schaudern ob der Weite deines Dich-Erfühlens. Wunderlichtes macht sich wahr in deinen Gründen, und gesegnet bist du mit

Gedeihen und Vollenden deiner Sendung im Gesange der Unendlichkeit.

Bewahre, was du weisst, und trage sanft und sachte allen Wohllaut des Gewissens zu den Deinen im Verbreiten von Geruhsamkeit und Tatenfreudigkeit in ihnen. Weite ihren Sinn ins unerschöpfliche Gewahren Meiner Wesenskraft in ihrem Walten und Bestehn, und unterweise sie im liebevollen Lauschen. Denn Mein Wort ist Anfang aller Tugend und Beschluss der Fülle, die geheimnisvoll in Meinem Mich-Begründen liegt. Mein Rat ist ruhigem Besinnen eine Gabe ewigen Genügens und eröffnet dir den Festraum nie verebbender Gewogenheit und Harmonie in Heiterkeit und Frieden.

3.14

Freiraum schaffen und gehorchen sei dein Ziel. Den Widerstand hinwegzuschaffen ist das eine - und das andere: Nicht übermütig werden in der Möglichkeit, recht ungehemmt zu wirken und nach Lust und Laune vorzugehn.

Immer ist das Forsche, Rücksichtslose dem Besonnen-Feingefühlten unterlegen, sei es sogleich oder in der Folge des Erreichten, das auf seine Weise wieder auf dich zukommt, um der Ausgewogenheit, Gerechtigkeit und Weisheit willen, die sich wie die roten Fäden durchs Lebendige ziehn.

Geruhsam auf dem Bänklein sitzen kann nur der, an dessen Fersen keine Untat hängt und der sich, Meinem Wink gemäss, allmählich wandelte, bis zum Erlangen einer wunderbaren Klargesichtigkeit der Sphären. Zu sein ist leicht und schwer, weil dieser Zustand, hundertmal zerbrechlicher als Porzellan und flüchtiger als eine Horde Fliegen, allsoleicht der Störung weicht, die stets das Allerheiligste und Reinste will entehren. Also sieh dich vor, und übe mit unendlichem Gedulden - Stille, Hingegebenheit und leichte des Gewissens zu ertragen, bis du jederzeit im Einen ruhen kannst, selbst wenn die wildesten Verführer dich umrasen.

Erringe dirs, wahrhaftig auf der Insel der Glückseligen dein Heil zu finden in des Herzens blühendem Verlies, sowie geschickt den Kräften des Gesundens dich zu nahn, um ihre Wohltat zu gewinnen, hellen Sinnens im Gedankenwechselspiel. Erfolgreich sein ist mehr als stampfen, biegen und begehren, eine Tat von siebenfacher Wendigkeit im Guten und von Lauterkeit in gottesfürchtiger Manier. Ja, dahin soll es kommen, dass du, mehr als dir selber, Seiner Hoheit hörig bist in deinem janushaften Weltbetrachten, dass du gänzlich Ihm vertraust, wenn deine Eigenwilligkeit bachab gegangen ist, und deine Augen sind voll wehmutsvoller Zähren.

Hülle dich ins Windspiel Gottes ein, und spür des Lebens Leicht-Sinn, wo du Bist in Seinem Dir-erhabnen-Schutz-Gewähren. Atme Duft des Ewigen in Freiheit, Frieden und Genügsamkeit, und schmiege dich ins Sein der Unbeschwertheit, gloriosen, heiteren Verweilens. Alle Stricke lasse los, und gleite selig durch den Ozean der Freude, der sich deinem gläubigen Schauen öffnet im Moment des seinserfüllenden Hinübergehns.

3.15

Hochzeit vor den Toren zu unendlichem Genügen. Alle wollen selig sein und drängeln sich dem Glück entgegen, das gerade greifbar ist im Zirkel ihres Weltverstehns. Wohl fährt es in sie ein und tröstet für ein Quentchen, doch unbemerkt verzieht es sich und lässt die fein Geneckten wieder im Banalen, Unerfüllten stehn.

Wer hinsieht, sieht wie alles sich im Fluss befindet, wie die Früchte des Geniessens kommen und vergehn und wie die Laute dem Verliebten nur solange ihre Süsse spendet, wie er sich im Zustand der Holdseligkeit befindet, lächelnder Gewähr. So ists ein Warten und ein Streben, ein geduldiges Erfüllen deiner Pflicht, ein Wachsein, Hingegebenheit ans Leben um dich her, Vertrauen, Makellosigkeit und Zartheit des Empfindens, was dich Schritt um Schrittchen hinführt zum Bewusstsein unverbrüchlich reiner Wonne, die das All durchflutet, wesenhaft und wahr.

Alles setzest du aufs Spiel, wenn du dich jener Müh entfremdest, die Gelassenheit und weises Zueinander-fügen zeitigt, alles wirst du dir gewinnen, wenn du wie auf heissen Kohlen unbeirrt zur Wahrheit schreitest deiner innewohnenden Gerechtigkeit am Leben und am freigesetzten Tun.

Der eine nennt es kämpfen, der andere tiefinniges Verstehn, was nötig ist zum endlichen Erlangen einer Schau von sonderlichem Wohlgehalt, von hellem Freudeklingen und von lebenspendendem Elan, der unerschöpflich allen Treuen zur Verfügung steht in ihrem Sich-Behaupten.

Es ist wie eine Mär aus längst verschollenen Zeiten, die Ich hier erzähle. Und wenn sies ist, so ist sie eben zeitlos und gewinnt sich Freunde durch Äonen wohlerwognen Wachsens und Im-Lebenslauf-Bestehns. Die Öhrchen spitzen, hin und wider flitzen, fleissig sein in redlichem Beginnen und die Rosen blühen sehn, sind Attribute deines Handelns an dir selbst und an der Welt, in die du eingeboren. Alles hat sein Recht und seine Richtigkeit im grossen, werdenden Geflecht der tausend Aspirationen, die von Himmeln und von Höhen uns umgreifen und uns zwingen, unser eigen Mass und unsre Mitte dort zu finden, wo das Vorbild des Urmenschlichen und Urvollendeten im Wesen vor uns steht, das wir den Christus nennen, und das allen Menschen, je nach ihrer Weise des Erkennens, Heil und Segen bringt ins mannigfaltige Erröten.

3.16

So, wie die Dinge vor dir liegen, hast du eine ungeheure Wahl zu treffen zwischen Recht und Unrecht, Soll und Haben, Ernst und Lässigkeit, wie Unruh und geduldigem Dich-Ergeben. Machtprobleme hast du im Ergluten deiner Brust zu lösen, deinen Stellenwert zu finden in der Gruppe, der Gesellschaft, aller Menschen deiner Wahl. Was dir beliebt, mag hundert andern keineswegs gefallen, was auf dem Estrich gang und gäbe ist, kann schon im Parterre jedermann schockieren. Setz deine Latte des Entscheidens hoch, und messe dich an jenen, die noch Höh'res übersprungen haben. Eine Welt der Sorgfalt, der Bedachtsamkeit und Sitte sei dein Eigentum, in der sichs lohnt zu leben und Gehöriges zu leisten.

Deine Ideale gehen dir wie Leuchten still voran; neue blühn dir auf im Mass des tüchtigen Erfüllens deiner etablierten. Fein und feiner wird das Netz des wägenden Gewissens, bis nur allerbestes noch passiert im Offenbaren deiner Innigkeiten. All dein Sinnen und Gesitten prägt sich aus in dem, wie du dich deiner Umwelt präsentierst und ihr dein Wesen schmackhaft, widerwärtig oder fade machst in so und soviel Angelegenheiten. Besser ist es, innen so zu sein wie aussen, denn das Ungereimte schlittert sowieso auf vielverschlungnen Wegen an den Tag und stellt dich vor dir selber bloss, wie vor den Neidern, Neckern und Berufssoldaten.

Einmal weisst du, dass Ich in dir deines Schicksals Gradheit intoniere. Du schleichst um Meinen Brei und scheust dich, seine Schärfe zu probieren. Das mag angehn, bis du soviel Hunger nach Mir hast, dass du bedenkenlos erwirbst, was offen vor dir liegt an Wunderbarem. Sättigung erreichst du nie gekannter Fülle und Bestätigung des innersten Verlangens nach Versöhnung mit der Tugend, der Genügsamkeit, Wahrhaftigkeit und Ehrsamkeit in Mir. Es pflegen dich und heben dich die Geister Meiner Provenienz im Guten, und gesunden deine Beulen und Verstiegenheiten. Deine Reinheit ist dem Lichte anempfohlen, das von Höhen sich verstrahlt und dich umflutet wie ein heitres Windchen, als ein feines Echo deines Sehnens, warm und weise, wonniglich und wahr.

Es geschieht an dir, was immer schon geschehen wollte, dass du einig bist mit dem, was Ist und was den Weltenbund zusammenhält in meisterlich gerundetem Verfügen.

3.17

Willst du die Grazie des Augenblicks geniessen, wende dich Mir zu und sei, erhoben und erhaben über Leid und Schmerz, das Wunderbare, das dich tröstet, stählt und heiter macht in deinen Seelengründen. Gang und gäbe ist die Theorie, dass Ungemach dem Reifen dient und Unbill neue Tore öffnet im besagten Menschenwerden. 0, wie ist das wahr. Die Sehnsucht facht es an nach überirdischem Gewissen, nach dem Seinsverbundensein in feiner Euphorie und nach dem Hellbewusstsein, das wie eine Freudenflamme alles Düstere bedeutungslos erscheinen lässt in deinem Dich-Empfinden.

Eine Meersburg mag es sein, die dich umfängt und noch einmal befriedet, Licht des blühenden Azurs, das deiner Seele Wonnesein bedeutet und Gewähr des Guten, das allüberall die Lande ziert und Himmelskräfte in die Tale sendet deines Existierens. Frei bist du, geführt und eingebettet in ein höheres Planen, das in Herrlichkeiten mündet, die du kaum noch recht verstehst, und die Triumph sind für die Weise, die das Ewige sich zur Wirksamkeit erwählt.

Durch dick und dünn wird Es dich so begleiten, wird nichts Naseweises oder Ungebührliches an dir vertun, weil Es sich selbst in deine Weltnatur gegossen, und weil Es alle Dinge deines Lebens handhabt nach besonnenem Gewissen und Erwählen, um der Grösse willen, die sich offenbaren soll im Reich der göttlichen Regie.

Erntedankfest darfst du feiern allsobald, wie deine Züge wieder sich verklären und Gewinn hervorgeht aus dem Ringen um die Seelenruh. Was du dir kraftvoll prophezeitest, wird auch wahr, weil alles Zeitliche dir gnädig ist und alle Wehen hinter ihm beständig ins Vergessen fallen. Schliesslich zählt nur noch die Seinspräsenz in Würde und Vergeben, zählt das wissende Gewahren einer unermessnen Güte des Gestaltens, die jedem Wesen innewohnt und Blatt um Blatt und Tugend und Gewissenhaftigkeit in ihm begründet, zeitenlos.

Myriaden wogen so in Lebensfeldern vor sich hin, besorgt und bang, behütet und befördert, bis die Sonne allen Reifens ihren Dienst getan und der urewige Schnitter seine Ernte einbringt in den Reichtum Seiner Seinsgewölbe, wo die Garben ins Unendliche sich verlieren und das Selige das Medium ist, in dem sie ihre Wohlfahrt finden. Aufgang und Beschliessen fügen sich zusammen und bedeuten sich das Eine, das in unnennbarer Wonne in sich selber west und ruht.

3.18

Gerechtigkeit erlischt, wo viele auf sich selber pochen in des Lebens grandiosem Würfelspiel. Ein Singsang von Verwerflichkeiten überwallt die Ländereien und verschliesst die Ohren vor dem einen, reinen Seinssybillenruf, der von Mir ausgeht und voll wissender Geschmeidigkeit das Ahnen stärkt der suchenden Gemeinde nach dem Wahren,

Innigen und Unerschütterlichen in des lieben Lebens Zier. Er baut sich auf zu Donnerkraftmagie im schweren Schicksalsstossen und verebbt zur Segensstille in des Morgenlichtgeflüsters Szenerie; er schwimmt im blauen, lauen Äther und durchdringt dich noch mit jedem Atemzug, derweil du ahnungslos die Gassen, Gossen und Gepflogenheiten deines Wirkens abläufst und gar oft verwirkst, was deiner wahren Pflicht gemäss zu tun gewesen wäre. Du handelst wie ein Blinde'; der gezwungen ist, sich jämmerlich voranzustochern und versuchst bald dies, bald jenes Mittel zum ersehnten Heil, derweil dich Meine Medizin geradewegs zum Ziele führt des vollerwachten Menschentums im Seinsgebaren.

Bist du dir bewusst, wie unbeschwert ein so Bezeichneter und Überwältigter einhergeht, vollen Wind in seinen Segeln und die Säcke angefüllt mit Tauglichkeiten, die ihn sicher, sinnfroh und vom Hauch der Unverletzlichkeit umgeben seiner Wege lassen ziehn? Gestehst du, dass dich nur das blanke Seinsvertrauen wirklich führt, derweil dich Schwall und Kitzel der verlockenden Gelegenheiten pausenlos verführen? Ordne, was du von dir weisst, zur einen, weisen und gerechten Strategie des Weiterschreitens auf dem Pfad des unbekümmerten Agierens nach der Gotteswahl. Bring dich da'; als Opfer des gelassnen Dienens an der Welt, und lass dich täglich narren, ohne doch ein Narr zu sein in deinen Seinsambitionen.

Fasse Meine Rute auf als zartes Deine-Wange-Streichen, dir zum Heil und Mir zur Glorie des Weistums, das Ich unentwegt verbreite, denn die Würde stillen Leidens macht dich gross. Innen aber sei und bleib Gefährte Meiner Herrlichkeit und Innbegriff des Guten, das in seinsobwaltender Gewähr sein Lied verkündet und sein Kraften ins Lebendige versprüht.

Du Bist mit Ihm das Sein in Fülle und Vergeben, in

Vertrautheit und Geschmeidigkeit, in A und Omen, weit und breit, erstaunt und wissend, treu und lächelnd in Glückseligkeit in Seines Odems Wohlerfahren.

Unendliches gewährt dir Schutz, sowie du endlich Seiner Gaben dich bedienst, im Werken, Stammeln, Suchen, Singen und Vor-dir-selber-recht-Bestehn. Willst du Bewusstheit, schaffen sie die Geister allsobald an dich heran und prägen deines Daseins Status um, zu einem überschauenden, dem All gewogenen Geschicke des Vollbringens. Du leistest, was du ihnen an Gelegenheit gewährst, sich aufs Tablett des Offenbarens hochzuschwingen; du findest deines Wesens Ausdruck und Gebärdenspiel nach ihrem Modulieren. Klang von ihrem Klingen bist du, Abkunft ihres Standes in der Generationenfolge der Reinkarnierten. Was in Wirklichkeit geschieht, ist deinen Blicken nur so lang entzogen, wie du des starren Strahles deiner Leibesaugen dich bedienst, statt mit der Schaukraft des Erkennens myriadenweit um dich zu greifen, Zeit und Raum verlassend, um voll Selbstverständlichkeit im Sein zu stehn.

Willst du gehorchen, übe dich im Lauschen; willst du wahrhaft vorwärts gehn, gesteh dir deine Ohnmacht, und sei blank und blosses Werkzeug der Begründer alles Trefflichen und wunderfein Gefügten in der Gottnatur. Warmen und wahrhaftigen Dankens Strom soll dir vom Herzen fliessen zur Gemeinschaft überirdischer Geschmeidigkeit, die allem vorsteht, was sich regt, und allem Richtung gibt und Ziel.

Was dir gestattet sei, ist nur, die angesponnenen Fäden der Vortrefflichkeit in dir zur Reife und zum Glanze des Vollendens fortzuführen. Was du sollst, ist, wie mit Feuerlettern in dein Unbewusstes eingeschrieben, dass du es erkennest und nach ihm verfährst, wie nach der besten aller Regeln. So einfach tönt, was dann mit soviel Mummenschanz verbunden, so grad, was nur in sinuöser Seinsbeharrlichkeit erfahren werden kann. Etappenweis ist vorzugehn, in graziösen Schwüngen, wie in kunstvoll dargebotnem Balancieren auf dem Scheidewall, der das Zuviel vom Noch-zu-Wenig trennt und dich dem Absturz preisgibt, so du zögerst oder deine Wachsamkeit verlierst.

Gewinn ist alles, was nach besten Kräften einem Ziele sich verschreibt, sich einer Heimat nähern, was den Aufbruch nimmer scheut im Ringen um den goldenen Pokal der Seinsgelassenheit und der Gewissheit excellenten Friedens in des ewigen Daseins Harmonie.

3.19

Wir leben, um zu schmausen, brausen, fuchteln, wuchteln und am eigenen Brimborium und Vielgetue zu vergehen, sagt der Stümper, ziellos, wahllos vor sich hin. Was sticht, tut weh, und was dir wehtut, bringt dir fördernde Gedanken, spricht der Weise aus der Lauterkeit des Herzens in sein Seinsgeduld en. «Nimm es, nimm es an, was dir das Schicksal vorträgt zur Bewältigung", will er dich sanft und leis belehren. Du bist bis in die letzte Einsamkeit aufs trefflichste behütet von der hellen, heilen Kräfteschar, die dich umweht und dich zu ihren Zielens Anstand führt im Soll und Haben der Geschichte, wie im Werdegang der preziös geschaffnen Kreatur, in deren Vorwärtskommen sie sich schwingt zu zauberhaften Flügen.

Was ist Ahnung, wenn es nicht das Überzeugtsein ist von einem innewohnenden Befruchten und Befeuern, das dich deine Lebensideale voll Begeisterung verfolgen lässt und dir die Weisheit unterlegt, die dich in deinem Blindsein doch zum Rechten führt, das dir als Erbe zusteht, um dich innig und wahrhaftig zu beglücken. Als ein Fähnrich guter Absicht eilst du deiner Schar von Lebenswerken frohgemut voran und leistest ihnen Beistand, wo du kannst im siegessicheren Marschieren. Siehst du endlich ein, wie du auch wieder angeleitet bist von Fahnenträgern der Unendlichkeit, die himmelstürmenden Geschwadern Wind und Stütze sind im Aufbruch zu den Sternen. Es ist ein Grossprojekt, in das sich so und soviel Seinsvernünftige stemmen, ohne Acht auf die Gefahr und im Bewusstsein, einem höchsten Anflug treu und wohlbedacht zu dienen. Seins-durchdringen ist total und macht vor keinem Halt in seinen gigantesken Ambitionen. Hierzu lässt Es seinen eignen Blutzoll fliessen, steht und fällt mit dir und öffnet sich die allerhellsten Horizonte im Bestreben glutvoll, glückerfüllt und gut zu sein in seiner Wucht und Würde des Bestehns.

In Ihm wird selbst das Stumme, Dumme noch Gesang des herrlichen Erhebens, wird Geflüster der beginnenden Begeisterung und Anmut des Begründens neuer Seinsidole. Du wie Ich sind mittendrin im ewigen Jauchzen der Verführung zur gerissnen schöpferischen Tat und zum Beginne des Vollendens, das in allem Mute liegt und allem sich verströmenden Elan.

So ist Sein sein eigen Werk in jedem Unterfangen und erklärt sich selbst als Wesen und Gebieter, als Verschwender und Verlierer; als Gewinner wunderbarster Seligkeiten auch in dir.

3.20

Erfolg ist immer auch ein Niederknien vor dem, der ihn ermöglicht und befördert hat in ungezählten Runden.

Nimm dich in acht, auf was du baust, und du wirst Ungezählte finden, welche dein Gebäude stützen und dir nützen in der Pracht, die du entfaltest auf der

Lebensbahn. Generationen Seinsbeflissner haben die Struktur geschaffen, deren du nun teilhast im Geniessen der Bequemlichkeiten, die sie bieten und der Lustbarkeiten, deren du dich gern bedienst im Auf- und Niedergehn.

Logisch ist, dass du dein Scherflein zuträgst zum Gefüge, dem du soviel entnehmen kannst, sonst müsste es zerfallen und die wüste Barbarei daraus erstehn. Sorge tragen heisst, das Filigrane wohl beachten, das im Menschenweltgetriebe Ordnung schafft und Wohllaut des Gelingens. Jede deiner Gaben an das Allgemeine hilft dem Wesen Menschheit einen Schritt voranzukommen; alles Gute, das du tust, wird zum Träger eines Seinsgewissens von bewundernswerter Qualität, die es zu steigern gilt auf allen gängigen Wegen.

Das Präzise zu erfassen und genau zu treffen, ist Erfolgsbedingung mitten in der Flatterhaftigkeit der Vielen. Gesund ist, was du auswählst und beileibe nicht, was man dir auftischt in galanter Augenwischerei und eleganten Winkelzügen. Mach es wahr, dass niemand mehr dich leichterdings betrügt mit seinen Floskeln und Begehrlichkeiten, am wenigsten du selber, der du dir doch am nächsten stehen solltest und am hitzigsten, in einer fieberhaften Suche nach Bekömmlichkeit und Wohl. Hilf dir selbst, dann kann Ich dir am besten helfen, weitet; weiter, dorthin, wo die hellsten Sterne stehn. Jeder deiner seinsgewollten Züge wird aufs trefflichste belohnt und führt zur Meisterschaft im Über-dich-Verfügen. Alles Grillenfangen schwindet vor der ernsten, wohlbedachten Tat, die Freude nach sich zieht und gültiges Gelingen. Verwandeln wirst du dich in eine gottbegnadete Figur lebendigen Disputierens auf der Agora deines Wirkens, wo du Staunen weckst und viele vieles von dir lernen in des Lernens Hochkultur.

Du treibst mit Vehemenz dem offenbar Geheimen

zu, das alle Sinne dir beflügelt und dein Ein und Alles ist im DichVerschütteln, wie im zielbewussten Mit-dir-Weitergehn. Gewähre dir das Recht, zu reden und zu schweigen just zur rechten Zeit, und sei nun still in Herzenswonne und Genügen.

3.21

Teufe deine Schächte in den Urgrund deines Wesens, und gewahre, was du Bist in ihm und seinen Windungen und Wendungen von ausgesuchter Siebenfältigkeit und vielerlei Gefahren. Wieviel Unbekanntes legst du sträflich ungehobelt aus und denkst dir dies und das von ihm, was dann nicht zutrifft und dich übermütig, töricht und verletzlich macht in deinem Wüten. Innen aber bist du in der Lage, das Gesetzte und Gesetzliche zu sehn, in dem du dich bewegen kannst nach freier Wahl, wie nach der Einsicht in das Allbewegende, das Grund ist aller Gründe und Gewieftheit sondergleichen im Gestalten, Walten, Binden, Trennen, Alle-Dinge-Umbenennen-und-ins-ewig-LautereVerwehn. Du schwingst im Schwingen der Unendlichkeit dein Lied, du atmest ein und aus den Atem ihrer Grösse und benimmst dich nach der Stimmung ihres siegessicheren Gebarens. Wolf im Schafspelz bist du, wenn du dies nicht einsiehst, und dem Wahren den Garaus machst im Verschwenden deiner Kräfte an ein nichtiges Vergnügen im Gedankenarsenal.

Zucht und Logik, Seinsgeschmeidigkeit und Güte bringen das hervor, was in den Sternenschauern steht geschrieben, die zu deuten Macht und Tugend nötig sind, Gehorsamkeit und guter Wille auf der Lebensspur. In Erfüllung geht, was voll ist von Gewissenhaftigkeit und Hoffnung, Hingegebenheit und Heiterkeit des Intendierens, was Geduld bezeugt und wachsende Voraussicht in das webende Gewalten wunderbarer Kräfte, die am Weitgeschehn den grössten Anteil haben im bedingungslosen Sich-Verfluten.

Was Ich will ist, ein Geschlecht von Weise--Wissenden erziehn, die an Mir hangen wie die süssesten der Trauben und geboren sind, in Mir ihr wahres Selbst zu finden. Nüsseknacker und Geliebte des Allewigen sind sie im Brummen der Motoren, wie im Halali der Wegelagerer, die sich dem Raub und der Gewissenlosigkeit verschrieben haben.

Bist du rein, so strahlt die Reinheit dir ihr liebelichtes Kleid entgegen. Öffnet sich dein Herz, strömt Trautheit, Seelensicherheit und Leichte des Empfindens in sein Gluten und bewegt es zur Glückseligkeit des Seins im Immergrünen. Strahlendes Gestilltsein in der Innigkeit des Daseins ist dein Los und deine Wonne; Wohlfahrt und Begierdelosigkeit dein Seiens Beirat im bewussten Hin- und Widergehn.

3.22

Mehrwert aller Himmelscharen sollst du sein als Mensch und Menschheit in den seinshistorischen Annalen, die im Gegenwärtigen erstehn; Rädchen im Getriebe, selbstbewusster Trieb am Mammutbaum der Evolution, der in den Geistessphären wurzelt und in sie hineinragt als die Krone allen Weltgeschehns. Fest im Sein zu stehn und im Vorübergang der Zeiten ist dein hocherhabnes Ziel; deine Würde zu erfassen und jedwelchen Unmut hinter dir zu lassen - deines Willens Wahlreich in des Seienden Manier. Nichts Gekünsteltes soll künftig an dir haften, keine Schwäre dir im Angesichte stehn vor dem allüberall bereiten Lichte des Versöhnens, das die reine, feine Wahrheit offenlegt.

Du willst - und schon will Ich Mich dir vergeben als das Eine und allein Bedeutende in allen Rängen der glasklar von Mir durchschauten theatralischen Gebärde Meines Allsinns. Du in Mir und Ich in dir als das Agens des wirklichen Gewaltens. Meine, deine Welle ist die Flut, die ohne jegliches Verebben als das Leben durch Äonen wallt und aus dem Ton der Götzendiener warme, seinssensible, seelenvolle und erwachende Natürlichkeit hervorgehn lässt in nimmermüdem Tauschen.

Meisterschaft im Ziselieren ist in allem Meiner Handschrift Spur; Verwegenheit und Kühnheit Meines Drängens wohlerwogenes Erröten. So Bin Ich im Minikrimsten wie im Überwältigendsten wahrlich gross und heiss dich, selber nach der Grösse zu verlangen, die in Mir sich gründet und von Heil und Heiterkeit ist ein Idol. Denn was Ich Bin, ist ohne Seinsvollenden, Wonne und Entzücken nicht zu denken; was Ich intoniere, schwillt vom Fein-Nokturnischen gekonnt zu philharmonischer Bewegtheit an, das All mit Harmonien zu durchwehn. Licht und Güte sind die Elemente Meines Mich-Verstrahlens; Wohllaut wissenden Verweilens Meines Seins Errungenschaft im golddurchwirkten Blauen. Ewigkeitsgeriesel hüllt Mich ein im Raunen der Unendlichkeit und im unendlichen Gestilltsein, das Ich vor Mir ausge-breitet habe.

Wach und innig, weise und erhaben überschaue Ich Mein Ziel und lass es sich in Mir zur Seligkeit entfalten.

Gegenwart des Weiselosen

4.1

Niemand kann sich Meiner Allgewalt entziehn im Rauschen der Gewässer, in den Hoch- und Niederungen Meines Mich-Verformens, in der Eile, die Ich lege an die Lebenslänge jeder Kreatur. Im Bann des Ewigen hast du dein Tagwerk zu vollbringen, in lichterlohen Seufzern deiner Liebesnächte Weh. Was immer kommt, ist Meines Kommens Attitüde in den Meinen, ist Mein Aufwall und Mein Niedersinken, auch in dir. «Gerechter Gott», wirst du nun sagen, «was bleibt mir da noch mehr zu tun, als vollends zu gehorchen und sämtliche Gewinste für Dich, statt für meinen Säckel einzustreichen»? So ists in der Tat. Doch wirst du dann gewahren, dass du nur in Meinem Aufruhr wahre Stille findest, dass nur Mein Betrachten der Alldinge rund ist in der Schau nach oben, unten, innen, aussen, hin und her. Aus des Allwissens Gründen kann Ich Mir Vergangenes wie Künftiges vor Augen halten, weil es sich bedingt im seinsdynamischen Umrunden der Gegebenheiten. Locker lass Ich zwar die Zügel in des Menschseins Anstand, doch sie ziehn sich selber an, wo Unverstand und Widerrechtlichkeit das Szepter führen. Was Ich will, sind Wachsein und Vertrau'n im Angesicht der Weiten Meines Disponierens, wie der engelmachenden Gesetze, die letztlich reine Güte sind der Absicht, Meinen Werken Schönheit und Vollenden zuzuweisen.

Was immer du ergreifst, ist Meines Greifens Not im Allgefüge, was dich stutzig macht, Mein Innehalten vor der Rätselhaftigkeit der Lebensdinge. Begreifst du, dass Ich Mein Bedenken bis zum äussersten der Schöpfungsfiligrane trage, die sich vorwärtstasten auch in dir. Wie mit Schneckenfühlern muss die Unerfahrenheit sich seinen Fortgang suchen; alle Blindheit stochert sich vertrauensvoll voran, bis sie schliesslich doch zum Ziele ihrer Seinsgelüste findet im Allhier.

Selbstbezug und Tatendrang sind Attribute Meines Werdens, Fülle und Gelassenheit Mein Seinsgewahren, wo die Uhren stille stehn und das Geäder der Geschicklichkeit sein Ende findet, weilend in der Milde des Entzückens im bewussten Stand der Glorie, die Mir eigen.

Dies im Seinsbesinnen mach Ich an dir licht und wahr.

4.2

Jede Form des Ausbruchs will sich wieder in Mir heimisch fühlen. Jede Farce nimmt in Mir die ihr gemässe be an, die Wahrheit zu bezeugen. Machst du dich zum Bettler, wirst du bittend vor dem Einen stehn; als König deiner selbst darfst du den Halo der Verklärten an dir tragen.

Frage nie: Wo bin ich. Finde dich in Mir, und du bist nimmermehr verloren. Warnend stehn die Seinsgebote an der Strecke deines Paradierens. Achtest du ihr stummes Angebot, wird dir im Leben kein reelles Ungemach begegnen. Aller Weisheit kundig, wird dein Innesein dich über Klippen, Grate und durch Wüsteneien führen, unbeschadet und geradewegs zur Fülle des Erkennens, dass du Sein bist ewigen Geblüts und unerschöpflichen Ertragens.

Meine Machart ist in dich geschrieben wie ein Fenster zur Unendlichkeit, in der sich alles abspielt, was da Ist und was gekonnt von Mir ein Zeichen. Niemand fasst sich selber an, es sei denn Ich, der jeder Regung deines Herzens innewohnt und alle Welt bezaubert durch die Vielfalt des Geschehns. Gewähre dir das Glück, in jedem Wesen Meiner Inbrunst zu begegnen; gehab dich wohl in der Erkenntnis, wem du gegenüberstehst in deinen Runden. Weder goldgewirkter Flitter, noch beschmutzte Lumpen tun es Meiner Würde an in jeder

Seinsgestalt, die Ich Mir tatenfroh erbilde. Kein Röcheln und kein Springen können das verändern, was Ich in ihr Bin in unermesslicher Bescheidenheit und Wohllust des Gedeihens.

Gedanke reiht sich an Gedanke dem, der innehält und zur Besinnung kommt als von Mir seelenvoll dahingegeben Grosses wird an dir getan, wenn du recht akkurat dich zu erkennen weisst als Anhang Meiner Gnaden. Du wanderst von Geschenk zu Seinsgeschenk von Mir und Meiner Weise, Mich ins Allnatürliche zu geben. Einsicht und Genügen macht dich froh und löst dir deines Rätselns Uner-bittlichkeit in farbenfrohen Zügen. Du staunst, - und in dir staune Ich Mich selber an als Hasenfuss wie als Entdecker, als Gewinner und Verschleuderer, als Metze und Gemässigter der lichtsten Zonen.

Gerade auch in dir Bin Ich Gesandter einer Welt des herrlichsten Erspriessens, einer Sphäre des Vollendens aller Angefangenheiten in der Seins-geschwisterschaft, die alle in demselben Geist verbindet und ihr Sehnen stillt in wunderbar beflügeltem Umfangen.

4.3

Bedenke, dass du Staub bist, Seinsgevatter, und dass alles von dir abfällt, was du nicht mehr brauchst, um wesenhaft emporzukommen. Sei und wisse, dass du stützest ein Phantom in deinem Leibe, das dir nicht gehört, so wenig wie der Aufwall seiner Funktionen. Du bewohnst ein fremdes Haus und zappelst mit ihm durch die Zeiten deiner Erdenbürgerschaften. Immer neu bekleidet wirst du mit dem Mantel der Vergäng-lichkeit, den du erhältst als gnädiges Geschenk des Himmels offenbar. Geschenke sind zu schätzen, und ein solches mehr als andere, die auf dasselbe Konto gehn.

Sacht und sänftiglich lernst du, dein Eigentliches zu

gewahren als das Ich, das lenkend über deinem Willen steht und dich beflügelt zur Gemeinschaft deiner Taten. Wissend, dass du Bist, besinnst du dich auf deines wahren Wesens Inbegriff und heissest dich im All der Welt geschwisterlich willkommen. Dein Bewusstsein mengt sich in des Seins geschäftiges Gefieder und versieht an allem, was ihm so begegnet, seinen Dienst, in der in wölkchenleichter Harmonie des tätigen Verweilens. Winde dich zur Würde wahren Seins empor, und werde reine Güte ohne Anspruch in der Ganzheit des allmächtigen Geschehns.

Du weisest reine Liebe allem zu im Unterweisen, weisst das Unvergängliche vom Auf- und Niederflutenden zu unterscheiden und begehrst, als Schauender der Fülle, für dein Menschentum nichts mehr.

Zur Gewissenhaftigkeit geboren, sammelst und versiehst du deiner Lebenspflichten Alphabet mit Anstand, Wachheit und Vertrauen und bescherst der Welt das ganz gewisse Etwas, das ihr soviel andere noch nicht gewähren. Gütig sein ist dann mitnichten eines Faibles selbstgeschnittene Blessur, doch eine Kraft in Kräften, die das All geflissentlich zum Besten führen. Spende dich, und werfe, was du bist, gehorsam in den Tiegel der Barmherzigkeit an allem, was die Sinne dir bezeugen. Sei die Wärme einer Sonne, die im Sich-Verstrahlen sich veräussert an die sprossende Natur, wie an das Lichtvoll-Sein der Tage des Planeten. Wirf deine Münze auf, und sieh, dass ihre Herzensseite oben kommt zu liegen durch die Gunst der Götter und den Wohllaut deiner wesenhaften Akribie, die Seinsgemüter miteinander zu versöhnen.

Geh in dich, und du wirst als ein Herold der Gerechtigkeit und Wonne siegessicher aus dir wallen.

4.4

Walte, wähle und gewähre dir das Vorrecht, an der Spitze des vernünftigen Handelns durch den Lebenslauf zu gehn. Weder Neigung noch Versuch sei deiner Motivation Geselle in der einen, tiefgefassten Heiterkeit des Seins, die dich beseelt und dir die Tore öffnet zum beschwingten Weiterwallen. Gefasst und wohlgesinnt trägst du Mein Willensbild ins Weisbuch deiner Züge und hütest dich, zu rechten oder gar zu murren über seltsam Bitteres, das deiner Zunge wird zum Schmecken auferlegt. Du weisst: Es ist der Weisheit Spruch, der solches dir besagt und der dich wird durch manches Tal zu seligen Höhen führen.

Dem Lebendigen gerecht sein, ist in Meinem Licht nicht schwer, weil in ihm alles wie verklärt und hell von Zuversicht ins wankelmütige Gemüte leuchtet und die Weltschau mit dem Hauch des Friedens überstrahlt. Bedeutendes wird so aus Leichtigkeit und Schwung geboren, Erhabnes vor dir aufgetan, das deinen Sinn wie nichts beflügelt und fein und unbescholten ins Unendliche erhebt im Kraft-Gewähren.

Manifest der Güte will Ich sein in aller Seelen Gründen, die Gehorsam leisten Meinem Lockruf zur Verstiegenheit des Andersartigen, das Ich mit Vehemenz vertrete. Ohnmächtig sind die Mächtigsten vor Meiner Elegie des sanften Mich-Erwartens an der Stelle des Hinübergehns in eine Welt der Glorie und Wohlgestimmtheit, herzenstief. Nur Mangel an Bewusstheit hat dies Wunderbare bisher nicht erfahren. Laufe, aber lauf dem schnöden Mammon niemals hinterher; Ich will dich gütlich in der Bucht der Wohlgeborgenheit bewahren. Redlich, furchtlos und bescheiden geh den Weg, den Ich dir Stund um Stund erzeige im Gewirr der Widersprüchlichkeiten.

Schon ist alles hin zum Seligsein besiegelt in der

Meisterschaft des Fügens, die Mir innewohnt und deren Ruf durchs Equilibrium der Weltenräume hallt, die Ich bedächtig Meiner Obhut anempfehle. Ich Bin und bin dir gut in allen Landen der Verheissung einer gloriosen Zukunft Meiner Fabelhaftigkeiten. Meinem Wandel ist Verwandlung zugetan ins überirdische Gewalten, wie ins Recht des Weise-losen, wonnevoll und seelenselig in sich selber zu beruhn.

4.5

Leicht geschwellten Segels gleitet das Gefüge Meiner Wohlfahrt übers Lebensmeer dahin, wo lichte Schönheit, Zärtlichkeit des Weilens und der Trost der Stille Mich erwarten. Seinserkennen ist die Losung Meiner Bruderschaft in Mit gewissenhaftes Streben nach der Insel der Glückseligkeit, in deren luftigen Zweigen Reinheit blüht der sprossenden Gedanken und Erquickung des beschauenden Gemüts von Meiner Art, den Dingen Resonanz und Weisheit einzuflössen.

Du selber sollst dir deines Ursprungs Ebenbürtigkeit erklären, geradewegs im Sosein deiner Zeit und deines Widerstands an ihr im Lebensbrausen. Kein Verkommen ists, es ist ein Kommen in den Heilsraum Meines Wirkens, eine Fahrt ins Abergründliche der Göttersphären. Den Schlüssel trägst du alleweil bei dir; du musst nur wollen und Mir Test an Test bestehn im graziösen Überspielen der Gelegenheiten, töricht wwie gewissenlos zu sein in deinen Runden.

Mancher Moloch kriecht dir vor die Füsse, um dich abzuschrecken von der graden Bahn; manche Tunke wird dir fröhlich aufgetischt, die zu berühren dir nur Unheil, Scham und Bitternis bescheren würde. Also, sieh dich vor, und mach dich stark in Zeiten freien Über-dich-Verfügens, dass du gewappnet bist im

Stand der Not und des Entbehrens. Das Wogenreiche hebt dich wunderbar hinan, wenn du Geschicklichkeit entfaltest, dich auf dem Kamm zu halten in der Lebenskür. Bravour im Reiten und Gelassenheit am Rand des Abgrunds seien dir Symbol der Tüchtigkeit und des galanten Seinsparierens vor dem Kennerauge, das Ich in dir Bin im unermüdlichen Bewachen und Bewahren deiner Menschlichkeit im Guten.

Ganze Engelvölker tragen sich dir an, um deinen Sinn ins Übersinnliche zu lenken, das da wogt und webt um deine Hemisphäre der gemütlichen Selbstgefälligkeit und Largeheit des Benehmens. Benimm dich, und erkläre deine Phase desolaten Pharisäertums als resolut beendet im Entschluss, den Berg der Weisheit anzugehn. Sowie du trägst, wirst du getragen von der lichten Flügelschar, die dich dem wahren Ich entgegenhebt und dir im Bogen seelischen Gesundens Aufschwung, Freisein und Begeisterung verleiht an Meinem Werk des seinserfüllenden Gebietens.

4.6

In Seinsetappen geht das Werk voran, das Ich dir auferlege, gemäss dem Wort: Es sei. Du spürst, was Schöpferfreudigkeit bedeutet und beginnst, Mich ahnend nachzuahmen auf verschied'nen Eb'nen wacher Transparenz, die dich zu ganz Besonderem begabt. Die Fülle Meines Rauschens steigert sich vom Gut-Platzierten bis zum genialen Einfall, den Ich dir mitten ins Gemüt geschrieben, eh du dirs bedacht, so dass du staunend, hocherfreut und seinsbefriedigt vor dir selber stehst im Atemholen.

Meiner Willkür des Gestaltens untertan, bewährst du dich gekonnt im Guten, das wie Milch und Honig in die Herzen der versammelten Gemeinde fliessen soll, um sie belehrend zu beglücken mit erstaunlichen Gediegenheiten. Du bist es nicht, wenn Ich dich in den Fingern halte, um die Weise Meines Hochgesangs an dir zu proben. Weit hinaus ins Allgemeine lass Ich so den hellen Ruf der Friedefertigkeit erschallen, wie der Senn mit seinem Alphorn in den stillen Raum des auferwachten Tages. Zur Besinnung treib Ich Meine Schäfchen, zur Begeisterung am Werk, das Ich getan, wie zu den fettsten Weiden, ihren Seelenhunger zu erlaben.

Mach es wie die Schwalben: Flieg und sause durch die Lüfte - und schon sind die Mückchen da, den Schnabel dir zu zieren; reg dich und gewiss wird sich das Ausserordentliche in dir regen. Gewinn ist immer von der Schärfe des Elans bestimmt, den du der Absicht mitten auf den Weg gegeben. Grazie des Vollbringens kommt von Mir und landet wie der Wasservogel auf dem nassen Elemente in der Wirklichkeit, der Ich Bestand und Bilderhaftigkeit verlieh. Nutze deine Zeit, und sieh dich vor, dass weder Eigennutz noch Sinnentstellung dir den Brei verderben, den du anrührst um des Spielens willen mit den Kräften, die dir zur Verfügung stehn. Lass es gut sein, wenn Ich dich ins Land der Fabelhaftigkeit entführe, das von Mir Teil ist und an dem sich Meiner Wonne Wohlgeruch entzündet, dir heimzuleuchten von der langen Fahrt ins ungewisse Balancieren.

Schicke dich in Meines Schickens Anstand, und du fühlst dich frei wies Fischlein, wie der Vogel frei sich fühlt in seinem Elemente wunderbaren Seinserlebens.

4.7

Alternative wissen nicht, wie lächerlich sie sich gebärden, wenn sie ihren Fortschritt nur im Äusserlichen sehn. Wenn du dich wandelst, brauchst du keine Kinkerlitzchen zur gefälligen Schau des

Publikums zu tragen. Wahres Menschsein ist das Unauffälligste, das man sich denken kann und wird von denen recht verstanden, die sind statt dass sie scheinen.

Bewahre dich vor Süssigkeiten von der Art des Zeitvertändelns, die nichts bringt als Unlust, Leere und den Vorwurf, irgendwie versagt zu haben. Auch das rechte Dich-Entspannen sei dir eine vollbewusste Tat, die Ebenmass erfordert, dich erkraftet und der Frohmut Bahn bricht, die dich will besuchen. Was du schätzest, schätzt dich ebenso im Sinnkreis deines Wirkens an der Welt und an dir selber, die die zwei Gesichter einer Münze sind in einem aberwürdigen Spiel, von Mir Mir selber vorgetragen. Werde, was dahinter steht, und sei in allem alles, wie ein Hauch von nichts und ein gefälliges Gewährenlassen, das auch Eltern ihren Kindern gegenüber üben.

Bin ich Es, sollst du dich fragen, ohne gleich an Aufruhr und Verrat zu denken. Bin ich das «Ich Bin«, sei dir die augenfälligste Parole, die dich weiterführt in deines Lebens Ach und Weh und Auf und Nieder, Hin und Her. Es gibt den festen Standpunkt, der aus innerer Wahrhaftigkeit, dem Leuchtturm gleich, das Leben überstrahlt und Sicherheit bedeutet mitten in der Wogenei der waltenden Gepflogenheiten.

Sag: Der allein Vernünftige Bin Ich bei allem Unverstand der Hasen, die nur im Rennen ihre Rettungsweise sehn. Getrost zu sein im Jetzt der tausend Widerwärtigkeiten, ist der Weisheit Tugend und der Wahrheit Anstand, recht für einen recht Verwandelten im Bad der Evolution, dem wir dann als Vollendete und Wirkungsvolle, Strahlende, Beglückte und Beglückende voll Verve entsteigen.

Nach Betrachtung trachten, bilde unser Ziel. Im Überschauen liegt die Würze allen Daseins, in der Heiterkeit des Abgeklärten das ersehnte Agens der

Entschiedenheit für Eines nach dem Vielen, für die Ruhe nach dem Sturm und für die Seinsergriffenheit, die jeder Seele frommt, die sich ganz ihrer Zartheit hingegeben.

4.8

Nun denn, gehab dich wohl, will jeder zu dem andern sagen, statt sich selber diese Ehre anzutun. Was uns nottut ist ein Mea Culpa an die eigene Adresse aus des Herzens Tiefempfinden, das zum Wandel führt und zum Gerechtsein an den Seelengläubigern, die uns umgeben. Denn wir schulden ihnen mehr Respekt vor dem, was sie in ihrem Kernpunkt sind als Götterflamme und Befreundete des ewigen Lebens, das sich königlich in allem, was da Ist, verbreitet und sein Dasein hegt und nährt.

Weise bist du, wenn der Aufwall deines Strebens einem Ganzen gilt, das dich und alle anderen betrifft als einen Wesens Sammelsurium und Gluten. Wähle das Ich Bin zu deinem Vorbild überall, wo sich Kontakte bilden, und bewahr dich so vor Eigendünkel, Überheblichkeit und liebelosem Unverstand dem Nächsten gegenüber. Mach es wahr, dass jede deiner Gesten aus der Andacht reiner Zärtlichkeit zum andern fliesst, ob er nun Herrscher oder Bettler sei in seinem Wähnen. Jeder ist ein Gottgefäss und bräuche es nur zu wissen, dass er seinen Umgang radikal verändert und selbst das Geringste achtet als ein Bild desselben Seins im Grunde der Natur.

Du kannst Mir nicht enteilen, spricht Es aus Gelassenheit und Frieden, ebenso wie Ich dich nie verlassen kann im Grosskonzept der Evolutionen. Niemals bange sollst du sein in dieser Wissenschaft des Einen, niemals dich an Ränke binden, die Mein Schreiten hintergehn. Das Wahre muss in jedem Fall den Sieg von dannen tragen. Das Benedeite schwimmt im Gotteswohl und darf die Fülle ernten,

die ihm zusteht nach des Ringens Leidenschaft und
Qual.

Das Ich Bin in dir ist deines Soseins einziges
Bewähren; dein Vertrautsein mit dem Sein der
Grund zum Jubeln und im Lichte stehn. Fahnen-
flatternde Begeisterung am Leben hält dich auf der
Bahn der Zuversicht und des gewinnenden Elans in
Meinem Dich-Umfluten; feingefühltes Seligsein be-
gleitet dich im Zeitlichen, das sich wie zwei zu eins
ins Ewige fügt im Augenblick des richtigen
Verweilens.

Kunde geh Ich dir von dem, was unerkannt in deinem
Wesen Ursprung ist und Ziel und was die grösste
Narretei zum Guten wendet in der Sinnkraft seines
seinsbeglückenden Gehabens.

4.9

Weniger ist mehr im Sinn des Sich-Beschränkens auf
das Wesentliche in des Lebens Feuerfront und Stil.

Das Ausgeuferte bedeckt die schönsten Plätze und
verwüstet sie, wenn keine Dämme es beherrschen.
So der Katalog der Wünsche macht sich selber fett
und frech im Masse des Gewährenlassens seines
Selbstbetrugs. Nur können hier die strikte Ordnung
und der Sinn für's rechte Mass noch helfen.

Das Wesentliche führt unfehlbar zu einem Punkt und
streunt nicht fassungslos umher, der Willkür der
Gedanken preisgegeben. Aus der Logik der Begriffe
setzt sich das Gebäude der Vernunft zusammen und
erscheint dem Auge als der Ausbund von Verträg-
lichkeit und Harmonie. Das zu Rettende soll nicht
mit dem Verruchten in denselben Topf geworfen
werden, weil die Übersicht darunter leidet und
Verwechslungen entstehn.

Meide, was du nicht verstehst, und reihe deine Taten
auf nach Witz und Billigkeit, die ihnen zustehn im
gekonnten Aneinanderfügen. Ausserordentliches

aber kommt von Meinem Wohlverstand im Guten. Dienend einer Sache vorzustehn heisst, Mir den Vorzug und die Referenz erweisen, heisst, wie auf Schwingen einer höheren Vernunft getragen sein von dem, was Ich dem Leben impulsiere. Wonne Meiner Wonne sollst du sein im lächelnden Begreifen, dass du mehr bist, wenn du dich erniedrigst, weil Gewaltiges aus dem Geringen fliesst in Meiner Art, dem Ungestüm den Lauf zu lassen.

Wecke deine besten Triebe, dass sie Mir zur Seite stehn im Auferwecken der Gemeinde nach der Ordnung Meiner schaffenden Ideen. Nicht aus sich selbst von unten sprosst die Vielfalt der geschaffnen Dinge, sondern aus der weisen Vorschau, die aus Meinen Höhen in die Welten strömt, die Szenen zu beleben. Winzigs Rädchen bist du im Getriebe, doch der Rollende und Grollende Bin Ich in dir, wie noch in jedem Mückchen, das im Stechen seine Art des Überlebens offenbart.

Trag dich Meinem Dich-Behüten an als Wissend-Gläubiger im Zeitenstrom. Sei getrost in jedem Falle des Entbehrens, weil du in Mir alle Fülle findest, die dich ehrt und mehrt und dich in paradiesische Gefilde bettet im erkennenden Gespür.

4.10

In der Heimlichkeit der Sphären müssen sich die Dinge wahren Glücks vollziehn. Das Ganze und der Teil verschmelzen dort zur Einheit wonnevollen Seins im Tempel des Wahrhaftigen, der sich mit Sternen-völkern schmückt, mit Stille der Gelassenheit und mit der Sanftmut ewigen Genügens. Dort kommst du an und bist sogleich von Kränzen der Holdseligkeit umwunden. Dort fächeln sich die Geisteswesen Harmonien zu und halten sich in gleitender Behutsamkeit umschlungen. Trautheit,

Wohlge-mutheit und Gemeinsamkeit des Weilens, Wollens und Verstehns befördern das Verbreiten wohl-gesinnter Taten, die wie heilende Gewitter in die Weltenbünde fallen und Gewissheit zeugen höheren Machtens und Gewaltens über alle Kontinente hin.

Bedeutsamkeit gewinnt, was Ich Mir für die Völker auserkoren. Alle Hochgewinne tragen Meinen Stempel, und die Seinsgesetze können sich nur in den willigen Gemütern etablieren. Sie blicken auf und schauen Meiner Herrlichkeit Revier; sie schweigen - und der Herr spricht Seines Wortes Abergründigkeit in sie, Entzücken und Gewogenheit zu zeugen. Wesen reinen Selbstgefühls geworden, tragen sie das Stigma wunderbarer Unversehrtheit leuchtend im Gewand der Seligkeit, das sie umwebt; sie weiten sich und breiten sich ins All der Dinge, satt vom Wohllaut des Erlebens.

Die Seinsgerechten handeln sich mit ihrem Streben Heiligkeit und höchste Hilfe ein im Hier und Jetzt, das ihnen, Grund und Unergründlichkeit zugleich, die Sinne öffnet für das Wirkliche im Leben. Geschärften Sinnens lassen sie sich gern vom Übersinnlichen belehren und beehren und gelangen so zur Wucht der Überschauenden Bravour, die ihren Stellenwert bestimmt im grossen Einmaleins der Sphären. Bestimmt und wonnetrunken leisten sie ihr Soll im Bunde mit den Kräften ewigen Auferstehns, die Anmut, Würde und Geschicklichkeit verwalten.

Weichheit des Gestaltens, Modulation der feinsten Art ist ihnen eigen, wie die Zärtlichkeit des Glaubens an die Schönheit allen überirdischen Geschehns, das sich im Seelenhaften hier verbreitet und Gehorsam, Friedefertigkeit und Seinsversöhnlichkeit befiehlt.

Glanz der Weisheit in den Häuptern der geselligen Wachsamkeit; Wohlverstand und Wonne im Geweb der Allnatur, in das du völlig eingeflochten.

4.11

Gemieden ist nicht ausgestiegen aus der Freundschaft mit den webenden Geschöpfen Meiner Wahl.
Das Absolute kennt die Gründe seines Sich-
Verhüllens vor der Andacht vieler Augen, die es
gerne möchten sehn. Es ist die Demut vor dem
eignen Unvermögen, die im Toben der Geschichte
von den Gläubigen zu lernen ist und von der All-
macht über ihnen. Lang und breit erklär Ich dies in
allen Fibeln, und doch sind es noch gar wenige, die
Meinen Ruf verstehn und ihr Geringsein vor den
Auftritt Meiner Füsse legen im Geständnis ihrer
Wehn.

Es ist ja ausgemacht, dass alle Würde jeden Wesens
an der Meinen hängt, die durchbricht allsobald, wie
es sich selber opfert, um dem Weben Meiner
Wirkkraft Präferenz zu geben. Holde, Goldne sehn
dies ein und prägen das Geschick der Welt, indem
sie Meiner Prägung sich erschliessen. Normen
taugen nichts, solang sie weder Meiner Norm
entsprechen, noch getauft sind mit der Seins-
geschicklichkeit, die Ich Mir auferlege. Träf und
witzig sollen selbst die Zügel sein, die Ich dem
Pferdchen um die Schnauze lege; unerschöpflich
dann das Variantenspiel, mit dem Ich es zur Tränke
dirigiere.

Was ist die Macht in eines Recken Fingerzug, wenn
sie nicht Meiner untersteht bis in die allerletzten
Fibern, die zu Meinem Ursprung führen. Immer
macht er sich was vor im Wahn, der Stärkere zu sein
als irgendeiner, der da kommt und geht, von Meiner
Stärke umgetrieben. Schreibe dir ins Wachs der
Seele dieses Ratschlags Hoffnung ein: Das Rechte
fliesst aus Mir und führt zu Mir, der Ich verborgen
bin solange, bis du alles tust als Ausfluss Meines
Dich-Begründens. Jeder Sorge bar wirst du dann
frohgemut durchs Lebenswerk flanieren, wirst
weiter deiner Wege stapfen, doch im Halo uner-

schütterlicher Zuversicht und Wachheit vor dem Wahren, das Ich impulsiere. Du schweigst, derweil Ich deiner Rede Fluss bestreite; du hältst dich klug zurück, derweil das drängende Geschehn von Mir bestimmt wird in des Zeitenlaufs Galopp mit losgelassnen Zügeln.

Weide dich an deiner eignen Schöne, die die Meine ist in dir und lass dich von Mir in der Herzensgüte unterweisen, die die Welt gesundet, rundet und zur strahlenden Vollendung führt.

4.12

Der Sieg der Wikinger bestand im hoffnungsvollsten Argonautentum, das man sich denken kann in einem Meer von Ungenügen und Gefahr, das sie gekonnt durchfuhren. Triffst du hier im Leben eine andre Regel an? Niemals. Der Geist des Forschens und Versuchens ist noch wach wie eh und je und stösst dich ab von sichern Ufern, einem Unbekannten, nie Erreichten zu und zwingt dich, jedes Rätsel schleunigst oder siebensucherisch vor deinen Augen aufzudecken. Alles Offenbare jedoch, sei es noch so kühn gewonnen, schreibt dir neue Rätselhaftigkeiten ins Gewissen und verwundet deinen Ehrgeiz mehr und mehr, bis du dich stoppst in deinem Wüten nach Erfolg und lässest Es in Ruhe und Gelassenheit geschehn. Da wirst du inne, was dir fehlte, da schauderst du vor dem Gedanken, dass das Sinnenweltliche die Oberhand vor einem Menschentum gewinnen könnte, das alles in sich schliesst, vom Erdenwirklichen in elegantem Bogen bis ins Überirdische gezogen.

Wie kann das Rationale sich erdreisten, gegen eine Übermacht an Geistigkeit ins Feld zu ziehn, wo doch so viele Zeichen für ein aberweises Wesen sprechen in der Allnatur wie im Allmenschlichen, das in der Kraft des Selbsterkennens einen Schlüssel findet zum Geheimnis, das so viele nicht erschlossen haben. Wäge, was dir frommt, und zögre nicht, den Weg des Seinsvertrauens resolut und würdig zu begehn in einem Forschertum der Mitte zwischen Skylla und Charybdis, zwischen Erd und Himmel, zwischen dir und Mit Meide blanke Klugheit unbedingt zugunsten einer Meinung, die Mich an die erste Stelle setzt von allen Äusserungen, und gesteh dir ein, wie wenig du vom Weiteninnenleben weisst, das allem Werden Ursprung ist und Stütze, Saft, Gerinnen und Gedeihn.

Ich aber kläre dir die Wasser, die dich stets versuchen, lasse dich durchschauen, was da Ist und was Ich in dir Bin als Treiber und Getriebene; als Starker, Schwächling und Gelehrter, als Gelegenheitler und Gesammelter auf ein gottseliges Besinnen in der Andacht eines Schweigens von unendlichem Gepräge. Was Ich weiss, wirst du nur im Erkennen deines Seinsgewissens sehn, was Ich meine, nur in einer allumfassenden Gebärde des herzinnigen Begreifens.

4.13

Nobel sei die Weise, die dich durch die Tagesränke in die Weiten Meines Freiseins führt. Zwei Extreme treten hier hervor: Das Geknebelte und Freie, das Aussen und das Innen, die sich zu vermählen trachten, um die Wucht des aufgestauten Wehs in Seligkeit zu wandeln.

Vorwärts tastest du dich, wenn du zu den Quellen gehst, zum Ursprung deines Dich-Entladens. Jegliche Geschichte endet, wo sie anfing: Beim Erzähler; der Ich Bin in allen Variationen des bewussten Mich-Umgebens mit Agenten und Bewegten, Feuerwerken, stillen Wassern und der Müh und Wonne, Mich in ihnen als die Wirklichkeit zu sehn.

Alles ist mit allem in die Eins verschlungen, die Ich Bin und die vom Sein ins Werden und zurück ins Seinsvollenden strömt in unabänderlichem Zuge. Nichts von Trennung, nichts von Geborensein und Welken im Begriff des Seins, das unvergänglich allem vorsteht und in allem seine Siege feiert des Sich-selbst-Behauptens.

Bin Ich so, so Bist du Du ebenso das reine Sein in überirdischer Beharrlichkeit, wie in den Tiefen deines Tauchens ins Manierliche und Zierliche des Wohlstands im erwählten Lebenswahn. Im Herbste des Dich-selbst-Bewährens erntest du Bewusstsein von dir selbst und deinem Gang zur Bruderschaft der Heiteren im Tränental.

Kannst du ermessen, was es heisst, das Ziel erreicht zu haben, das da heisst: Ich Bin der Weg, Bin Wahrheit, Sein und Leben, Bin Mir ewiges Verwundern an Mir selbst und am Geheimnis Meines Existierens. Lösung eines Knotens in dem grossen Rätsel ist hier schon unendlich viel, langgedehntes Schnurren zeigt die Seinserleichterung, die dem Erkennen folgt durch eins der Fensterlein der Burg, in die wir uns nach Kräften eingeschlossen.

Weht hinaus ihr Seelen, sag Ich, in die Unergründlichkeit des Äthers, wo ihr niemals anstösst, wo die grössten Geister der Jahrtausende ihr Wohnreich und ihr Sein errichtet haben, euch zum lächelnden Gesellentum und zum erhebenden Erlaben. Alles, was ihr nötig habt, liegt euch zu Füssen in der Glorie des Allerhöchsten, die euch stets umgibt und bis zur letzten Fiber hoffnungsvoll durchflutet, euch beim Amen der Geschichte wunderbar im Sein zu sehn.

4.14

Ausgelassenheit ist nicht vonnöten, um aus dir zu gehn und alles neu zu ordnen nach der Weise Meiner Seinsgefälligkeit im Wirkungsfeld der Weisen.

111

Niemand kann sich auf sich selbst beziehen, als das Eine, das Ich Bin, und das in jedem linden Lüftchen noch sich selber darstellt, ganz zu schweigen von dem imposanten Manifest, das Ich im Menschlichen vor aller Welten Augen bringe. Einsatz leistet jeder gern zuerst zu seinem eignen Nutzen. So auch Ich. Und nützlich ist es schon, wenn Ich in Millionen Jahren noch derselben Absicht Meine Stimme leihe, wenn Ich Zell um Zelle forme einer rasend schnell komplexeren Struktur, die immer einem einzigen Tableau entspricht in Meinem Alles-Überschauen. Was hat der Einzelne dagegen anzubieten, wenn er sich nicht zurückhält bis zum Gehtnichtmehr und schliesslich nur noch Mich ist in der absoluten Logik des Verfahrens.

Hast du dieses eingesehn, so gehst du wie auf Wolken der Bedeutungslosigkeit durch deine Tage. Stets zum Fall bereit, ergibst du dich der Wucht des Sonnenstrahls und löst dich auf in ihren Zügen. Vater des Erkennens wirst du, wenn du deine Sohnschaft hinterfrägst und feststellst, dass das Sein sich selber in dich eingeboren. 0 wie klingt das schön und ist es auch, wenn du nur soviel Mumm hast, das Erkannte zur Gewissenhaftigkeit zu stilisieren. Tat um Heldentat muss sich wie eine Kette von Verfügbarkeiten bis zu Mir erstrecken, der Ich in dir Bin und der gewaltsam oder leis verspielt den Takt in dein Gewissen hämmert oder summt, des ewigen Mich-an-deine-Welt-Verspielens.

Leidlich gestillt, schau Ich Mir die Erfolge an in weise-leisem Brüten. Immer hinkt das Werk dem Ideellen hintennach und fordert Korrektur in Punkten, Strichen und Verfügungen, bis es geschönt und makellos vor dem Beschauer steht in Anmut und Genügen.

Seinsempfunden und mit Seligkeit umwunden ist Mein Tun, wie Mein dezentes Ruhn nach allen Schwüngen und erquicklichen Verstiegenheiten, die

Mir eigen.
Lass Wüstensand durch deine Finger rieseln, und bedenk die göttliche Attitüde, die du vor dir siehst im Zeitverzehren, unverdrossen, spielerisch, gekonnt und wunderbar.

4.15

Regelmässigkeit, Elan, Begeisterung und Stärke sind die Attribute Meines Seinsverfahrens noch in jedem Werke, das Ich Meinem Unternehmertum gewähr. Brachland muss Ich pflügen, Öde in erspriessende Natürlichkeit verwandeln unter Meiner Hände deutendem Befehl. Nichts und alles sind die Enden Meiner Strategie des Seinserfüllens, ewiger Sonnenschein Mein Sein in jeder Phase des Beginnens und Vollziehns.

Mich selbst zu deuten fällt nicht schwer, weil Ich Mich vor Mir selber niemals zu verstecken brauche; Meine Reinheit übertrifft die Reinheit puren Goldes, weil Ich nicht Substanz bin und Mein Gegenwärtigsein das All umfasst im Sinnkreis des Erkennens.

So rufe du, wo immer du dich findest, und Ich will dir Antwort geben in des Herzens Gral; entblösse dich der Sorgen, und Ich kleide dich in Unabhängigkeit, Bewusstheit, Wonne und Gelingen im Gelasse deines Dich-Vergütens. Du bist Meiner Andacht Zierde, wenn du betest; Meines Bückens Auferstehn, wenn du gewissenhaft dein Soll erreichst, und Mein Beginnen, wenn die Tage enden deines selbstischen Gefühls. Ganz in Mich versessen und vergessen sollst du sein in deiner Art zu spekulieren und Gewinne zu erzielen für das Hochgebot, in Meiner Gründlichkeit zu handeln und zu wandeln. Was du sprichst, ist Meines Zaubermunds Gerede, was du wirst, Mein Wirken in des Allerbarmens Stil.

Geschick ist immer auch Gebärde reiner Liebeskraft, die sich von Mir an dich verströmt in deinem

mangelhaften Er-erkennen, was du Bist, wobei die
Sinne dir das Spiel verderben. Treue zu Mir selber
hebt dich himmelan und wandelt dein Verschaukelt-
sein in Seinsgewiegtheit, Heiterkeit und Staunen.
Das ist Meine Würde, sollst du sagen, das entspricht
dem Bilde steten Sehnens, das Ich in Mir trage, als
Geschenk des Ewigen, das Ich Mir Bin und das sich
überbietet im Sich-selbst-Verstrahlen.
Weihe an das Sein ist Hochfahrt zu den Göttern des
Genügens, Wohlfahrt - eine Schau von abgrundtiefer
Seligkeit, die sich vollzieht in Mir.

4.16

Glanz gehört ins Schweigen der gerechten Andacht
vor dem Unergründlichen, das sich durch alle
Lebensräume zieht. Gefährdet bist du nur, wenn
keine noch so feine Leuchte dich hinausführt aus der
Seelenfinsternis, in die dich deine Sinne stossen.
Merkwürdig ist die Stille, die im wohlbedachten
Nicht-Tun sich verbreitet und dem Wahren,
Sensitiven Raum gibt, das du Bist und dem sich
selbstverständlich Frieden zugesellt und Klarheit des
Bedenkens. Du achtest auf den Umstand, dass gerade
das, was du vordem am meisten fürchtetest,
vollkommen von dir abgefallen ist. Das Unfehlbare,
Unerschütterliche an dir kommt zum Tragen und
beschert dir jene Wissenschaft des Seins, die in der
Sicherheit des Absoluten ihr Begründen findet und
ihr wonnevolles Ziel.
Hier ist wahrlich alles über einen Leist geschlagen,
wo sich das Sich-selbst-Zersplittern aufhebt in der
einen Dimension des Seinswahrhaftigen, das
Ist - und ohne sich ums Weltenall zu zieren. Räume
fallen ein, und jeder Zeitsprung wird zunichten vor
der Dichte des Begreifens, dass die ewige Gegenwart
des Weiselosen sich an nichts verpfändet, um in sich
selbe; glückerfüllt, zu ruhn. So wahr Ich Bin, so Bin

Ich auch Mir selbst vollendetes Genügen, Bin Licht aus eignem Lichte und Erfahrenheit aus immanentem Stillestehn. Dem Rang gemäss vollkommnen ÜberMich-Verfügens, weis Ich Meinem Seien Weisheit zu von tadellosem Sitz in jeder Phase des Beschauens Meiner Ruh. Ich halte Mich auf Trift zum Seligsein, gemäss der Meinung, die Ich im Empfinden trage. Heiteres Gewahren Meiner selbst besiegelt Meine Seinsgenügsamkeit und Mein Gestilltsein in der goldnen Mitte Meines Mich-Erlebens.

Meister der Verfügbarkeit und König aller Ehren Bin Ich Mir im Zustand der Erhabenheit und des beglückenden Mir-selbst-zur-Seite-Stehns. Harmonisches Verklingen der Begriffe löst die letzte Bindung ans Geschehn und mündet in den Jubel reiner Seinsbeständigkeit, die Ich Mir Bin im vollen Selbsterfahren.

4.17

Gewappnet mit Beständigkeit und Wohlgesittetheit gehn die durchs Leben, die im Ewig-Guten ihre eigentliche Würde sehn. Sie tragen und ertragen willig die Gehilfenschaft am grossen Werk, die sie zu leisten haben und sind im Grund sich selbst nicht mehr. Ein andres, Hochgebenedeites spüren sie in ihren Adern, das allem Richtung gibt und ferngesetztes Ziel. Wohl mögen sie wie Mammut-bäume, Pappeln, Birken bis zum süssen Jasminstrauch im Sturmwind wanken und den Bund der Zweige sich verbiegen lassen, brechen werden sie in allen Jahren nie. So die gottverbündeten Erwecker der Gerechtigkeit und Tugend in der Mitte der Gemeinde, die Geschmeidigen des guten Rates an sich selbst und des Entzückens über das Gelungene, soweit es Schule macht im Sich-Verteilen.

Hall und Widerhall entdecken die Gesetzlichkeiten,

die im Weltlichen bestehn und denen jedes Steppen-
feuer, jede soziale Wirrsal, wie auch alles
Wohlgeordnete und Schön-geformte unterstehn. Wie
sollten die Vernünftigen nach ihrem Ruf nicht
ebenso verfahren. Seinsgesetze sind dem Ursprung
abgelauscht, der ihnen innewohnt und der gewaltig
im Ich Bin bestimmt, was herrschen soll im
menschlichen Betragen. «Seht, was Ich aus Mir
erbilde", verkündet Es im Wissen um das Eine, das
die Tatenwelt durchzieht und aller Achtung würdig
ist im menschlichen Gewahren.

Walten und Verwalten ist Mein Metier in
wunderbarer Regelmässigkeit, die im Natürlichen
die Form gewinnt, die allem zusteht als von Mir
gegeben und in Mir bewahrt. Wohl gibt es Störung,
aber nur, um allsogleich die Kraft der Korrektur
hervorzurufen und die Dinge unbeirrt dem Gipfel des
Gedeihens zuzuführen.

Wandel alles Wirklichen Bin Ich und Wohlfahrt in
den Reichen des Erkennens Meiner Gründe, die mit
Vehemenz zum Ziele führen der Gottinnigkeit und
Weisheit über aller Herzenqual. Schaust du Mich als
wirklich an, so ist Mein Wort in dich gefallen, und
deine Dinge nehmen ihren Lauf nach Meiner
Attitüde des Gestaltens und Gewinnens seins-harmo-
nischer Gediegenheiten sonder Zahl. Bist du in Mir,
so gibt ein Himmel dir die Hände hin zum
glückerfüllten Ausgang deiner Wahl; gereichst du
dir zum Frieden, ist auch deine Welt der Friedefertigkeit Panier im seinsverkündenden Betragen.

4.18

Mach zwei und mehr, will sich die Welt erringen im
Rauschen der Geschwindigkeit, wie im Versinken
nutzlos hingebrachter Tage. Freilich greift sie nach
den Sternen, doch ihr Blinkens Einstand ist so fern,
dass nie und nimmer einer der Gelehrten sich dorthin

versetzen kann, es sei denn, dass er Mich wird im Ich
Bin, das alles im Bewusstsein trägt, was Ist und was
dahinschiesst und sich überrollt in unermesslich
weiten Bahnen. Tragisch mutets an, wenn Wissen-
schaftliche von All-Erobern sprechen, derweil sie
ihre Sonden bloss ins Planetarische gehievt. Doch
für ihr Menschliches ist das schon abderviel. So gibt
es Weltendinge, die sich kaum vergleichen lassen,
weil ihr Grösstes und Geringstes völlig auseinander-
liegen. Daher ist es nötig, sich zurückzuziehen aus
Vergangenheit und Zukunft, Raum und Strecke, um
im Augenblick und Punkt den Wohllaut reinen Seins
zu finden, der in jeder Art und Weise stets dasselbe
ist, geläutert und gediegen.

Was Ich will ist, alles auf dies Axiom des Wirklichen
zurückzuführen, als dem Ursprung und der bleiben-
den Substanz der Dinge, die uns da umschwirren und
beirren bis zum Gehtnichtmehr. Geh in dich, und
finde aller Allheit Zeichen, wo du Bist und wo das
Übermächtige dir innewohnt als Bruder, Hirt und
lebenspendendes Agens allweiten Existierens.
Aussen wird zum Innen und das Innenreich zur
Allheit wahren Seins in einer Qualität des
strahlenden Bewusstseins, die dich wie mit
Donnerstärke ins Unendliche zieht, als das du dich
erwiesen.

Sprachwitz kann nicht sagen, was Ich meine, weil
das adäquate Wort das Kleinhirn überfordert, dass
ein Unding aus ihm würde, offenbar. So gleicht
Schweigen aus, was selbst dem besten Rufer nicht
gelingt. Die Stille stillt das Sehnen nach Erkennen,
wortelos und unvermittelt in den Seelengründen des
Beschaulichen, dem alles recht ist, was da kommt
und geht, und der am Ufer sich gefunden, wo der
Lebensstrom vorüberzieht und ihn erheitert und
erbaut, erschüttert und in Seinsgelassenheit zurück-
lässt, wie holdseligem Staunen.

4.19

Wo finde ich die Ruh, muss sich so mancher sagen, der im Quirlen der Geschäfte und Durchtrieben-heiten beinah untergeht, und klang- und sanglos noch dazu. Nicht Ruh zu suchen ist vonnöten, sondern, dass du Bist, dann hast du alles schon gefunden, was dein Herz begehrt und was in allen Fabeln so verlockend steht als Tischlein deck dich, Aschenbrödel oder Kater mit den hohen Stiefeln. Du steckst mitten drin im Märchen, das das Gute lohnt und Schlechtes züchtigt, um den Ausgleich doch zu schaffen und schlussendlich seelenvolle Harmonie.

Sieh die Farbenbänder flattern bei der Siegesfeier über deine Unzulänglichkeiten, das Gewoge der Geladnen, die sich freudig um dich scharen, dir zur Gratulation die Herzen aufzutun. Am Ende ist die Werkgemeinschaft der Propheten, Partisanen, Subalternen und Begünstigten ein liebenswürdiges Gewimmel, das zum Meere driftet der Holdseligkeit, das Ich Mir Bin in Willensstärke, Gleichmut und Gelingen.

Meistre, was dir frommt, und fühle dich mit Mir in deinem Ich aufs zärtlichste verbunden, um ge-flissentlich von Glanz zu Glanz zu gehn. Es wiegen sich, es biegen sich die Weiden wie im Tanze: Wiege dich auch du in deinen Angelegenheiten, und gewinne Heiterkeit und Tugendkraft aus ihnen. Lass den Hang zum Seinsvollenden nimmer fahren, denn wie kurz sind doch die Lebenstage auf den Scheitel dir gezählt, und welche Gnade ist es, abends besser als am Morgen dazustehn in Treu und Glauben, Wachheit und Erröten.

Weisst du, was du Bist, so sind mit einem Schlag die Müh und Nöte dir belohnt, die dir als Diener deines Fortschritts unbeirrt zur Seite standen. Nach der Geburt wird keine Mutter über ihre Wehen sich beklagen, sondern das Geliebte freud- und friedevoll in ihren Armen halten, seinem ersten Lächeln zugetan. So der Triumph des Seinserkennens über alle Widerwärtigkeiten, die Es doch zu fördern hatten. Aus den finstern Wogen steigt die holde Schöne voller Grazie ins Morgenlicht empor, die Daseinsfreude zu geniessen. Reine Seelen machens ebenso und sind, ins Paradies der Ebenbürtigkeit mit Mir erhoben, die Erlösten und Befriedeten in ihres Seiens Tempel, licht und wahr.

4.20

Beweise, was du willst, Ich will dich eines Besseren belehren. Deinem Hang zur Selbstgefälligkeit setzt sich ein Dämpfer auf jeweils, wenn deine gross-geklotzten Pläne wie von Geisterhand die Kreuzi-gung und Korrektur erfahren. Spät folgt dann die Einsicht, dass zugleich mit dir ein Höheres im Spiel, das nicht nur wenige, doch alle Fäden ganz zuoberst in geschickten Händen hält, die alle Welt nach ihrer Weise wunderbar regieren. Gibst du dich ins Spiel der Weisheit, darfst du selber weise scheinen, darf Ich es in dir. Geheimnisvolle Grenzen sind dann überwunden, und die Seinsgesetze treten offenbar zu Tage, wo Übermenschliches geleistet wird in genialer Ligatur. Du scheinst die Dinge recht beim Schopf zu halten, doch in Wahrheit Bin Ich es, der kalkuliert und kombiniert und kühl und heiss zusammenführt zu einem märchenhaften Brodeln. Ich heisse und du gibst den Dingen einen Namen; Ich finde das Plausible, und du plauderst dich mit Nonchalance empor zu höchsten Ehren.
Wie sträubst du dich gar oft, den Hampelmann zu spielen in des Lebens Possenreisserei und ohne zu bedenken, dass es Meine Art und Weise ist, das Menschliche voranzutreiben. Klugheit ist nicht immer eins zu eins im Wind zu spüren, der die wallenden Gemüter überweht. Meine Absicht ist verborgen und begleicht noch manche Rechnung,

ohne dass du weisst wofür. Also trete Ich dem Unverstand mit Klarsicht punktgenau entgegen und befehlige, was jedem frommt von einer Warte aus, die aus dem Schauen Überschauen sich gewinnt und fabelhaftes Räsonieren.

Was hast du dir zu sagen, als: Ich bin Niemand und «Ich Bin» zugleich, gekleidet in die Federn der Allherrlichkeit, die Ich Mir vollbewusst zum Pfauenrad gebreitet habe. Jeder Handel lässt sich auf Mein glänzendes Talent hinüberführen, jederzeit Gewinste einzustreichen, wo so viele keine sehn. Ich Bin heiter in der Selbstbewusstheit Meines Überragens, Bin gewappnet und gestählt für alles, was da kommen mag aus Mir. Grandiosen Stils Betragen läuft wie eine Herde Zicklein vor Mir her, den Muttergrund zu suchen.

Heissen wills: Ich gehe aus und komme wieder in die Einheit Meiner selbst in wunderbarer Eintracht mit den Kräften Meines Strebens.

Heimkunft feire du mit jedem Schritt, der dir gegeben; Auferwachen ins Unendliche sei dir in Meiner Morgenröte Sinn und Ziel und Seligkeit zugleich im Seinserleben.

Reizendes Verspielen

5.1

Ich erschaffe Meine Welt aus Seinsgewissen-
haftigkeit und permanentem Streben. Unerhört ist,
was Ich zu vollbringen habe: Einen seidenweichen
Faden um das All zu ziehn der Hoffnung, Liebe und
Genügsamkeit, der Mir das Selig-sein begünstigt in
des Friedens Zärtlichkeit und Ruh. Wovon Ich
träume ist, das Seinsharmonische in allen Reichen
Meines Mich-Veräusserns etabliert zu sehn, gesun-
gen und gesprungen, still in sich gekehrt und weisen
Sinnens an die Welt des Übersinnlichen vergeben.
Eine Trautheit sondergleichen soll die Seinsagieren-
den umfahn in Meinem Namen, Meiner Wohlfahrt
und in jeder wachen Geste des Vereinens, die sich
die Erlösten zugestehn. Heil und Segen strömen aus
Verinnerung und Seelenstärke in die Weiten Meiner
strahlenden Präsenz und lassen keines noch so leisen
Unmuts Kräuselung entstehn. Spiegelglätte eines
Sommersonnensees soll herrschen im Gemüte der
Gestillten, und erhebende Gesichte sollen sie von
Stund zu Stund erlaben in des Wandelns Umgang,
seinsgedankenvoll und sonnenklar.
Im Gnadenstand der Seienden bereitest du dir selber,
was dir frommen soll im Tun und Lassen, im
gestaltenden Bebildern neuer Szenen, oder in der
lässigen Abstinenz von allem dinglichen Betrachten,
reinem Glücke zugetan. Jede Note deines Fühl-
gesangs ist wohlgesetzt und zeugt vom Sinn für
Harmonien, die sich ins Gedankenräumliche dezent
verschweben. Stillstand oder weiterführende Gepflogenheiten sind hier eins im doppeladlerischen
Überschauen Meiner Seinsgefilde sonder Zucht und
Wahl. Ich Bin, was immer Mir gefällt zu teilen mit
Mir selbst und streune durch die eigne Resolutheit
im Befehlen. Immer ist gekonnt, gewollt und
gutgeheissen, was Gewissheit wird in Meiner
Transvestie des Waltens nach dem Zufalls- und Ge-
legenheitsprinzip, das Mir die Runden eingibt, die

Ich will begehn. Kurze Bögen, lange Bögen führen stets zum Ursprung, seis im Seinsgefälle oder im spiralgewundenen Erheben.
Immer Bin Ich Mir des Equilibriums Behutsamkeit im Mir-Enteilen, wie im linden, leichten luftigen In-Mir-Beruhn als Inbegriff des Seelenwohlstands in Bewusstheit und herzinniger Gewähr.

5.2

Planen heisst noch lange nicht, den Dreh versuchen, der im seinsgefälligen Gemüte liegt. Es stellen sich der Absicht vielerlei Gespinste wirkungsvoll entgegen, derweil uns andere mit Vehemenz gerade zur gewollten Tat verführen. Wir stehn in einem Feld von Kräften, die in ihrem Vielerlei uns vorwärtstreiben, seis zum Guten oder Bösen, zum Gerechten oder Eigensinnigen, zu Mut und Angst und noch zu weiss was für markanten Gegensätzlichkeiten. Zu entscheiden jedoch haben wir und haben dabei die Gelegenheit, das Bessere zu wählen und zu stählen all so lange, bis wir hinter allem das Ich Bin entdecken, als den Grund der Dinge, die uns so beschäftigt halten. Wahlrecht feiernd gehst du so mit Mir durchs Leben und besinnst dich früher oder später auf das Einzigartige, das in dir, ein Juwel, verborgen liegt, um dann im Licht des ewigen Tags zu funkeln und zu strahlen. Was aus vielen Nöten sich enthüllt, ist Meiner Gegenwart Idol, ist Meisterschaft im Sich-Vergeben und Erfindung der Allgüte, die Geringes fördert, Wucherungen stutzt und so den Wohllaut wirkender Gesetze zum Erklingen bringt in seinsharmonischer Behutsamkeit und Eleganz des Offenbarens.
Wesensglied zu sein, bewusst und wohlerwogen, ist dein Los in Meinem Mich-Gestalten zur vollendeten Figur. Dass du Bist in Mir ist deine, Meine Stärke im allweiten Kraftgeschehn, ist Meiner Meierei

Behüten und Vergüten nach dem Wollen und Beglaubigen der edlen Tat. Seinsverschlungene sind wir vom A. zum Siegel der Geschichte, von der ersten Morgenröte bis zum Beifallssturm des Publikums, das Ich Mir Bin im sachverständigen Bewerten Meiner Kür. Bestätigung will Ich in jeder Weise Meiner Seinspotenz im aberwitzigen Gestalten einer Welt von Lust und Tragik, Minne-sang und Sauregurkenmiene, Apfelsinensüssigkeit und Grazie des Sich-Bewegens. Hunderttausend Gründe gibt es für den Vortrag Meines forschenden Elans, millionen andere für das Beschliessen einer Rede von entzückender Geschmeidigkeit und Wohlbekömmlichkeit im Götterstil.

5.3

Knacknuss deiner selbst bist du im ewigen Rätselraten, was du bist. Da nützt dir kein Sezieren und Polieren, Scharren, Knarren und Erfolgsgeheul, solang du Meiner nicht gedenken kannst im Unvermittelbaren. Gezügelt alle Pferde, gehorsam im Gemüt und in der Tugend wohlgeübt, wird sich Erkennen dem gesellen, der da will und will sich führen lassen in die meisterlichen Gründe des bewussten; Schauens der Gegebenheiten. Mich verstehst du nur mi wahren Selbstgewahren; Meine Wege kannst du nur iM Lichte deines eignen Leuchtens gehn.

Schau nun zu, dass du ganz licht und leicht wirst in dem langen Lebensbade, das Ich dir verpasse, dass du Meiner Gaben Fülle nicht verhökerst für ein billiges Vergnügen, das erwartungsvoll im Schauglas deiner harrt, dich zu betrügen. Nimmst du, nimmst du dir den Zauber des Empfangens Meiner Varietie von blinkenden Ergötzlichkeiten, die Belohnung sind für Mass und Edelmütigkeit, Vertrauen und Besinnung auf die Werte, die im

Seelengärtchen dir erblühn. Reizendes Verspielen möcht Ich nennen, was dem Kenner frommt der Seinsgesetze und des seinsgerechten Handelns an der Front des Fortschritts siegessicherer Evolutionen. Was gekonnt ist, kann nicht fallen auf dem glitschigen Parkett der sprossenden Ambitionen; was an Meinem Fädchen sich bewegt, erreicht mit Vehemenz, Bravour und Seins-begeisterung sein Ziel.

Wach auf zu Mir; Ich will dich noch beim Namen nennen deiner Inbrunst der Verheissung einer grossen, neuen Zeit, die Menschlichkeit gebiert, Erfüllung und Erquickung in der Seelenstärke deines Dich-Erlebens. Mich erlebe du, im Gang zur göttlichen Synthese allen Muts und aller Übermütigkeit im einen, überwältigenden Spiel des Seinsnatürlichen Erhebens.

Sei ein Kind des wagemutigen Vorwärtsstürmens zu den Schmetterlingen deiner Phantasie, und sei im weisen Innehalten Meines Inhalts Offenbaren als dem Inbegriff der strömenden Glückseligkeit und Ruh.

5.4

Kommandieren, navigieren und Geschichten inszenieren ist der Habitus der Grossen dieser Welt, die sich die Löwenbeute sichern, im gezinkten Kartenspiel. In Meinem Sinn und Sinnen sind sie bitter klein, denn ihr Agieren deckt sich mit der Widersprüchlichkeit der Leidenschaften, die im Räuberischen ihr Erfüllen sehn. Nun, es muss von allem geben, was da kreucht und fliegen lernt im Weltbewusstsein Meiner Arten. Sie auch dienen Meinem Marschbefehl und fügen sich ins grandiose Mosaik von Mit

Allem Leben ist das Wachsen mitgegeben zum Vollkommenen in jeder Hinsicht, also: Im

Verkaufen, Tauschen, Werken, Merken, Liebeln, Fideln, sonderlich jedoch im Seinsmoralischen, das weidlich hintennach hinkt ob den vielerlei Gelüsten, die die Menschenvölker noch im Argen lassen. Welch ein Wogen, Bocken, Rocken nach den fettsten Hammeln seh Ich über den Planeten hin wie eine Furie sich verbreiten. Welches Ängsten stockt das Blut der Spielbeflissenen um unverdienten Lohn. Aller Würde bar, bereiten sie sich das makabere Vergnügen, ganz im Mammon zu versinken und der Dirne Macht sich hinzugeben, fröhlich, freilich und frivol.

Was sie ernten, ist ein Seelenkrüppelbild von falschen Werten, die Zerkratztes an die Stelle spiegelblanker Reinheit setzen und Verbogenes statt Gradgezognes offenbaren. O wie lange ist ihr Weg in Meine Heimlichkeiten, wieviel schmerzliches Filtrieren müssen sie erleiden, bis die letzten Reste der Verschmutzung ihres Seinsbewusstseins abgezogen sind und das Ich Bin in strahlendem Sichselbst-Begründen lau und lind vor ihnen steht, als ihr Erlöser und Beglücker, als Bewahrer ihrer Unschuld und als liebender Vereiniger der Weltenwesen.

Trau dem Immanenten, das in voller Weisheit allem vorsteht, was da kräftig auszieht, sich ein Stück vom Weltenkuchen zu erobern, um daran sein Wohlgefühl zu finden. Lass dich von Mir leiten, und gewinne Achtung vor dem eignen Tun, das Meine Stärke ist, Mein Aufwall und Mein seliges Versinken ins erhabene Beruhn.

5.5

Gerüchte dringen wie Gerüche durch die feinsten Ritzen des Bewusstseins vieler Gläubigen am Marktplatz des allmächtigen Geschehns. Hämische verbreiten, was sie nur zur Hälfte wissen, als das Ganze und verzerren so der Wahrheit Bild ins

Ungebührliche, Sensationelle, dem nur Narren ihr Vertrauen zugestehn.

So das Gerücht, es gäbe nur den Überbau der Dinge, die gebieterisch vor aller Herren Augen sich verbreiten. Mich vergessen sie dabei und schneiden sich damit ins eigne Fleisch, der Wirklichkeit entzogen, denn ihrer Eigenkräfte Arsenal ist wie ein blasses Rinnsal Meinem gegenüber, das die Urwucht setzt in jegliches Gebaren. Ich nur kann dich deiner angebornen Trägheit väterlich entwinden, kann dein Blut in Wallung bringen und dich mit dem Seinssensorium durchflechten, das den Weltengang empfindend registriert. Du siehst dich weinen, doch es weint ein Gott in dir; du träumst von zärtlich feiner Liebe und gewahrst nicht, dass es Meiner Träume Ausfluss ist, der dich im Innersten bewegt und hätschelt und Begehren stiftet nach dem Gegenstand des fliessenden Sinnierens. Das Leben macht nur Sinn, wenn es als Einheit aller Seinsgegebenheiten meditiert und respektiert wird, wenn es sich in Mir als in sich selber findet, um damit die Reuegänge nach Canossa tunlichst zu vermeiden.

Nette sollen sich nicht mit Grimassen plagen, wenn sie doch die Anmut von Mir pachten können und die ganze Weisheit und Geschicklichkeit, die heutzutags vonnöten: Glanz und Glamour und Gewinn an Ansehn und Betragen. Leicht ist's, deine, Meine Inbrunst jederzeit zu Markt zu tragen; schwieriger, dich gänzlich Mir dahinzugeben, weil sich die Bänder schierer Selbstgefälligkeit wie Kletten an dir halten.

«Mea culpa» flüstre, und Ich will dir alle Ignoranz vergeben, will Mich wie der laue Sommerwind an deine Stelle setzen und die Fahnen nach der Seite der glückseligen Inseln drehn, die dir Verheissung und Verlockung, Wohnstatt, Ziel und Zelle sind des ewigen Weilens im Bewusstsein Meines Gegen-wärtigseins und Wirkens, Meiner Stimmung steten

Wohllauts, Meiner Allegrie und Zartheit in der licht-durchschossnen Sphärenharmonie.

5.6

Grüblerische kann Ich nur am Rande des Geschehns für Mich gebrauchen, denn sie grübeln nur sich selber nach, statt sich dem Glanz zu öffnen, den Ich aller Welt in Nonchalance und Wohlbesonnenheit verstrahle. Alles Gezierte ist nicht Meiner Zier Genügsamkeit; das Selbstgesponnene verliert den Faden, den Ich weidlich ausgelegt, und widerlegt sich selbst klammheimlich in der Abgeschiedenheit von Mit Wir aber lichten die Gewässer aller laufenden Verfahren, die in unsern Diensten stehn, vollziehen jeden Anstand nach dem Mass des Grandiosen, das uns innewohnt, und lassen uns vom Zeitgedränge nicht um unsere Gelassenheit betrügen.

Was dir noch so sehr versponnen scheint, ist bei uns gang und gäbe; was dich unvereinbar deucht mit deinen Werten, hat hier seiner eignen Logik Richtigkeit im Einssein aller Dinge mit dem Einen, das Ich Bin, vorausgesetzt und hintennach gezogen, blindgeboren und mit Seherkraft begabt, vermisst und aufgefunden zugleich in der allumfassenden Gebärde Meines Seins im seinswahrhaftigen Gefüge.

Stummheit kann Ich besser brauchen, als die Wissensstummel, die zuhauf um Meine Mitte liegen. Eine Sache bis zum süssen oder bittern Ende durchzuziehn, ist Mein Geschäft in der Allee von vielbeschäftigten Bottegen, die bescheiden oder selbstgefällig ihren Aushang präsentieren.

Wurmt es dich, wenn etwas schiefgeht, was Ich reime. Hast du nie erfahren, wie geradezu gekonnt das Schicksal jene beutelt, die sich zu viel vorgenommen haben, statt in Meinem Zählwerk eine

Null zu sein, um, was Ich will und treibe, auf das wirkungsvollste zu vermehren. In Wahrheit Lächeln heisst, das Lächerliche hinter sich zu lassen und sich ohne Vorbehalt in Meinen Dienst zu stellen, der da Arbeit gibt für guten Lohn und ohne fadenscheiniges Versiegen.

Zücke deine Liste der Bekömmlichkeiten, und vermehre sie um jenen Eintrag, der da heisst: Ich Bin Mir selber treu als Meiner eignen Redlichkeit Brevier und Meines Himmels überwallende Gefälligkeit im Ewig-Guten, das Ich Mir in Meiner Brautschau auserlesen habe. Wehrkraft Meiner selbst Bin Ich und Wacher an den Toren der Allherrlichkeit, in die Ich eingezogen bin, um Meines Wesens Fühikreis und Beständigkeit im Seligsein zu baden.

5.7

Wie fad, wie schad sind Leiermänner um Verlorenes, derweil sie doch so viel zu finden hätten in der Seins-geschichte ihresgleichen, Meinesgleichen Tag für Sonnen-tag. Es ist ein Abfall vom Vertrauen in sich selbst, wenn Meine Gladiatoren sich mit Schlotter-knien dem Löwenkampfe stellen, den sie schon verloren haben. Wie gewinnend ist es, sich auf Meiner Höh zu halten, um jedwelchem Anspruch mit dem Blick des Wissenden und Weisen zu begegnen und sogar den Untergang des Leiblichen als Konse-quenz des Mutvoll-sich-Behauptens in Betracht zu ziehn.

Wo immer Ich das erst und letzte Wort zu sagen habe, herrscht die Eintracht des Vereintseins mit dem Ewigen, die jedem wogenden Ereignis Vorbild ist und Mass für das Gelingen. Ich streue Blumen der Gerechtigkeit in jene Gärten, wo die Beete sich auf Meine Regelmässigkeit beziehn; Geschehnisse, die an ein Wunder grenzen, sind von Mir getan und läuten oftmals eine Wendung ein in deiner Haltung zum Alltäglichen, das weiter nichts ist, als Mein Rudern durch den Ozean des Zeitlichen, den Ich Mir zur Bewältigung beschwor.

Als Rabenmutter wird diejenige bezeichnet, die ihr Kind mit Unmut und Gewissenlosigkeit regiert. Vielen scheine Ich im Weltlichen genauso, weil sie glauben, Mich in jedem Menschenelend unbedingt am Werk zu sehn. Wahr ist's, dass Ich alles inszeniere, doch es stimmt zutiefst auch, dass Ich Mich in jedes noch so kleine Menschenbild herzinniglich vergebe, um es unter Tränen, Seufzern, Schrecklichkeiten, Hoffnungen und letztlichem Bewähren in Mein Zelt zu führen der bewussten Anerkennung Meiner Grösse, Güte und Besonnenheit im Allgehaben.

Jede Tat ist Meinem Einfluss unterworfen, jede Motivation ein Wurf aus Meinem Ränkespiel und jede Kümmernis ein Mich-Bekümmern um das Ganze Meiner Rezeptur. Was du Unheil nennst, wird einmal Heil in Meinem Mich-in-dirBegründen; was allein dich noch erwartet, ist Erkennen Meines Seins im Vorne, -hinten,-oben, -unten - und-an-jeder-Ecke-Stehn. In Mir eröffnet und beschlossen Bist du fraglos, treulos oder seinsgediegen Meines Wollens Gegenstand, wie Meiner Trautheit lispelndes Brevieren. Sing und Sang Bist du von Meinen Gnaden, Grazie des Auferstehns von Mir getan. Endliches Begreifen Bist du, wenn Ich dich galant beim Schopfe nehme, Meines Weilens Wonne, wenn Ich in dir sanft und seelenselig ruh.

5.8

Voltieren und Parieren tragen Meines Zügelns Frucht vors Publikum im Fall des lauschenden In-Meine- Karten-Sehns. Leicht und flüssig wird der Gang durchs Labyrinth des Lebens, wo Ich Meine

Siegeslust vertreten kann im Menschentum, sowie im Aufmarsch, den es sich gewährt. Ich schaffe Luft, wo sich die Meinungen vergiftet haben; Ich wäge, wo das Unmass überhand zu nehmen droht und tückisches Getue die Gewichte schieben will zur Ungunst von Gesetzlichkeit und Recht in Meinem Staate.

Denken, Schenken und Zum-Guten-Lenken ist so schön in Meiner Strategie der allgemeinen Friedefertigkeit und Pracht des schöpferkräftigen Agierens. Das Miteinander steht Mir näher als das blanke Konkurrieren und gewährt gar vielen vieles, was sonst Wüsteneien zeugt und unerfülltes Sehnen. Mein Heil fliesst jedem zu, der da empfangen will und weitertragen nach der Regel des gerechten Ausgleichs und der Gunst geschwisterlichen Tauschens. Was Ich finde, findet sich in Spuren überall, wo Herzen schlagen und Gerechte horchen auf den Sinn, den sie im Weltlauf zu verbreiten haben. Meine Wirtschaft lebt vom ständigen Begrüssen dessen, was Ich will in Meinen Bürgen und was blühen soll im Frühling des bewussten Auferstehns von Kälte und Verhärten ob dem milden Liebessonnenstrahl.

Wählen sollst du, was Ich längst zur gültigen Maxim erhoben; trauen, trachten und gehorchen, wie Ich es für gut befinde in der Wissenschaft des Ewigen, die über alles seine Flügel breitet und Vernunft befiehlt und guten Willen in den Zeitenstrom. Hast du Mich verstanden, stehst du auf der Seite der Beförderer der Evolution nach Strich und Faden der Verheissung eines Sternenwohls, das sich im Endlich- und Unendlichen vollzieht und Güte schafft und Schöpferfrieden.

Unaufhaltsam mahle Ich das Korn der Willigen zur seinsge-rechten Speise für den Hunger der Verirrten in den Lebenswüstenei'n und sorge Mich ums rüstige Verteilen. Sorge mit, und du bist aller Seelensorgen unbemerkt enthoben und behauptest deinen Stand im

Blumenmeer der Hoffnung und des lächelnden Ins-Weite-Sehns.

5.9

Voraussicht ist vonnöten, wenn dein Fuss nicht in die Fallen tappen soll, die ständig an den Wegen lauern. Du wirkst dein Wohl nur, wenn du dir beizeiten Kräfte sammelst, um die Lebenskämpfe dann mit Anmut durchzustehn. In Mir, von Mir und mit Mir solltest du dein Tagewerk vollbringen, bewusst und heiter, wie sichs für die Wachen auch gehört, die voll in Meinen Diensten stehn.

Was gibst du Mir dafür, dass Ich Mich ganz an dich vergebe? Hoffnung, Selbstvertrauen oder selbstisches Gezänke, das Verwirrung stiftet, Angst und Not. Wie lieblich sind die winterlichen Auen denen, die in ihnen schon des Frühlings Kräftespiel am Werke sehn; wie traut das Leben, selbst im harten Ringen, wenn die Knospen übersinnlichen Erlebens darin spriessen und die volle Blütenschönheit abzusehen ist, zu der sie sich entfalten. Wonne weist dir Wonne zu aus überirdischen Resourcen, laue Herzenswinde kosen dich, aus Zärtlichkeit geboren und beschwichtigen das letzte leise Weh, in deiner seinsbewusst gewordenen Natur. Du Bist und kannst es kaum noch fassen, dass man so getröstet und erhaben sein kann, so von Wohlgefühl durchströmt in einer Welt des Haders und der keifenden Potenzen, so befriedet und voll Güte für die Blinden, die ahnungslos am Prachtgewoge des Natürlichen vorübergehn.

Harre aus, und sieh, wie sich die Dinge mählich deinem Gottessinn gemäss entfalten, und erlebe Tag für Tag den Reigen der Begünstigungen, die dir zustehn, um dein Innesein zu stärken und Gewissheit zu verbreiten von der Macht des Ewigen, die alles Mächtige um Unerhörtes übersteigt in ihrer

Unerbittlichkeit und ihrem steten Sich-Verstrahlen. Präge deinem Herzen ein das Seinsgelübde, das dich führen soll zu Mir in deinen Katakomben des Bewährens, wo Ich Helle bringe ins Verlies. Du steigst dann wie aus Höllenträumen jäh zum Licht empor, das Ich dir garantiere und schwebst wie auf Rosenwolken durch die Zeiten der Glückseligkeit im Weilen, die Ich dir noch so gern gewähre.

Es sei, was Ist in deinen Gründen; es lebe sich die Liebe ein in deinen Blick zu Welt und Himmel, zur Geselligkeit mit Engeln und Kumpanen und zur Seelenharmonie, die jedem ist auf seine Art bestimmt und mütterlich dahingegeben.

5.10

Wahrhaftigkeit und Güte prägen sich dem Weltbild als dezente Farben ein, die jedermann beglücken und begeistern im beschauenden Vorübergehn. Lebst du nach Normen, magst du vieles recht gestalten und Verlangtes brav befriedigen im Handumdrehn. Doch erst das seinsflexible Handeln, das aus Selbstzucht, Phantasie, Zivilcourage und ergriffener Gelegenheit besteht, verbreitet Helle und Entzücken in der Runde aufmerksamer Häupter und Geniesser von Format. Heissen will das: Wenn du dich bewegst, so will Ich dich von innen her bewegen, will Seinsgerechtigkeit durch dich servieren, wo du gehst und stehst und Meinen Zug verglitzerst zum Erstaunen der Gemeinde um dich her.

Wenn etwas frei ist, muss es das An-Mich-Gebundensein bewirken; wo wahre Willensstärke herrscht, beseelt das Absolute einen Meister des Gehorchens und Gebietens zugleich, in der Mustergültigkeit der Sphären. Du gewahrst dein Tun als wie von einem anderen gegeben, wenn du dich hingibst an die göttliche Dressur; du schweigst, derweil die andern für dich reden und bist Bedienter derer, die da haushoch über deinem Wirrkopf stehn. So geschieht das Transzendente mitten in der Turbulenz der Weltentage; so schafft sich das Schaffende Gehör und weitet sein Bedeuten, wie die Welle, die von einem Punkte ausgeht und zu allen Ufern wallt in leis bewegten Kreisen.

Gibst du etwas vor, so geh Ich nach und potenziere dein Begehren. Hast du Stärke über dich gewonnen, greif Ich ein und mache dich zum Wunder an Geselligkeit, Verstand und gutem Willen in der Seinskultur, die Ich allüberall begründe. Taufrisch sind die Gaben, die du denen auftischst, die Gefallen an Mir haben. Gevatter bist du den Versuchern Meiner Wege und Begleiter ihrer Kunst, die rechten Tritte auszuloten auf dem Gang in Meine Schlünde, Rätsel und Verstiegenheiten.

Ankunft feiern lässt sich nur in Meiner Station, wo sich die Angekommenen umjubeln und das Seinsgewissen brausende Triumphe inszeniert für alle, die da Sind und sich im Sein erleben. Wonne und Erhabenheit begegnen dir auf Schritt und Tritt in dieser Athmosphäre der Gestilltheit und Gediegenheit des Weiselosen, die dich leis bemuttert und die Blütenschönheit offenbart, die vordem auf dem Grunde jeglichen Begründens, still in sich gekehrt, gelegen.

5.11

Geheimnisvoller Flüsse Rauschen trifft dein Ohr in seinsbeglückten Nächten, wie im Werden neuer Wortgespinste aus der strömenden Magie des Andersartigen, das dich umflutet und belebt. Bewusst und heiter ist der Zustand des Gemüts, wenn solches eintrifft und Gespanntes lind wird, wie das Herz, das sich erweichen lässt vom Guss erlösungsvoller Tränen. Es ist so viel wie eine Umkehr in die Arme der Allweisheit, die vom Seien was versteht und die sich darin selber wiederfindet in unsäglichem Begrüssen. Weide dich an dem, was du schon Bist, wird sie dir sagen, und an jeder Form und jedem Unterfangen deiner tastenden Begehrlichkeit; vereine dich mit Ihm und eile, deines Seinsgewissens Scherflein in das Meer der strahlenden Bewusstheit einzubringen, die dich hütet und im Reinen ihrer Herrlichkeit bewahrt. Wisse das Ich Bin mit Anstand und Beschaulichkeit in dir zu tragen, und ermanne dich dazu, mit jeder deiner Gesten, Stimmungen und Argumente in Erhabenheit den Weltsinn zu vermehren.

Wie jedes offene Gefäss empfange Meines Strömens Einfluss als Geschenk der Gnade, die Ich spenderfroh verwalte und an die verteile, die sich Meiner Art gemäss und Meiner Würde zu benehmen wissen. Standard macht noch niemand gross. Nur Ausserordentliches weiss Ich zu begnaden mit der blanken Güte Strahl und rette es aus Seelennöten durch das Wunder neuen Sehns der Dinge Meiner Wirklichkeit im Klaren. Ich erwarte dich an jeder Stelle, wo du dich abholst, um zu Mehr zu gehen an Gewissenhaftigkeit und Tugend, an Verzeihen und Befördern, an Geduld und gutem Willen in der Tat.

Willst du nun endlich glauben, wie nah Ich dir in deines Wesens Andacht Bin und bleibe, wie gern Ich dich erhöre, wenn du nach Mir wimmerst und Mich nimmer ignorierst! Es zahlt sich aus, will Ich dir sagen, jeder noch so leise Anklang an ein bittendes Gebet, ein jedes Stärkersein als das versuchende Gelispel, jedes Stillsein in der Wonne, die Ich den Erlösten ins Gewissen trage, ohne Abstrich, weise, mild und schön.

5.12

Spuren ohne Makel weis Ich deinem Spürsinn, wenn du weisst, dich zu betragen nach Gerechtigkeit und

Hoheit dessen, was in dir zum Tragen kommen will. Du bist nicht irgendetwas oder irgendwer: hingegen Mich in aller Form und Grösse, Gegensätzlichkeit und Wachheit des Empfindens. Das ist grandios und gibt dir Macht und Milde, Trübsinn, Liebenswürdigkeit und Sturheit in die Hand, sie nach der Freie deines Dich-Besinnens zu gebrauchen. Negative Werte haben die Tendenz, dein Weltbild zu verdunkeln, positive, es in Transparenz zu tauchen und herzinniges Begreifen. Das ist alles. Sieh dich vor, dass nichts Verwerfliches dein Seinsgeschmeidigsein belastet und dein Seelenaugenblinken trübt, so dass der liebe lange Tag dir nichts als Freundlichkeit und Freudigkeit bereitet als von Mir gespendet und im weichen, feinen Fluss gehalten, unfehlbar.

Gerätst du auch nur leicht ins Wanken über deiner Gradheit, halte inne und besinne dich auf Mich in dir, der alles regelt und befördert nach dem Mass des weisen Aneinanderfügens der Ereignisse in Welt und Herz, in tiefen Gründen und in hellen Offenbarungen, die Ansporn sind zu tätigem Bewegen. Unausweichlich bist du in den Evolutionenstrom geworfen, den Ich angestossen und befehligt habe, seit er Ist und seine Runden zieht in aberweiter Lustfahrt durch die Zeiten. Geh in dich, und such den Punkt des Archimedes - und du wirst ihn finden als in Mir, der Ich die Stärke Bin an sich, der Mut, die Unnachgiebigkeit, die Leuchte über schweren Wassern und die Schulter, die dem sehnsuchtsvollen Haupte Schutz und Segen bietet über jedes Mass.

Funken sprühn der Sorgenlosigkeit aus Mir und fabelhafte Zeiten brechen an, wo Ich Mich in dir finde als der Hort der Zuversicht und Würde, Makellosigkeit und Willkraft des bewussten Vorwärtsgehns. Mein Wesens Zartheit hat die Zärtlichkeit in dich geboren; Meine Tugend deiner zum Triumph verholfen, wenn du als der Cherub deines Seinserfüllens dastehst und als Heiliger der Welten, die in deinem Wirkkreis stehn.

5.13

Abgenabelt und auf dich gestellt gehst du den Weg ins Widersprüchliche der Welt, dein Sein zu finden. Für diese Heimat gibt es keine Wahl, weil jeder sie schon hat und nur in seinen Illusionen von ihr fern ist, auf die Sehnsuchtskraft verwiesen. Was du immer willst, es ist ein Suchen nach Erlösung von den vielen Unbekömmlichkeiten, die das Leben bietet, von der Hitparade des Dich-ins-Vergnügen-Werfens, um der Wucht der Langeweile, Ängste, Pflichten, Zwistigkeiten zu entgehn. Stellst du endlich dich der Seinsdebatte, zupfst du schon am Hungertuch, das dich bedecken will und lüftest Trug um Trug, der sich in dein Bewusstsein eingeschlichen. Mählich waltet Klarheit wohlgesetzten Überlegens, breitet sich die Ruhe aus im Seelensee, die hilft den wahren Werten auf die Beine, ins Gewissen und in jede Form des Glückerstrebens. Erkannt wird Pflicht als Pflicht, die aufwärts führt ins duftige, luftige Seinserleben. Die Hüter der Geschichte lassen dich passieren, weil du rein bist von Verstiegenheiten, Arroganz des Narrentums und Besserwissens, wie vom Wahn, der Erste sein zu wollen in der Sucht nach Spitzen im allmenschlichen Getriebe.

Sowie du ungebunden Bist, klingt dir die Freie Meiner Seinsnatürlichkeit wie Sterngeläut entgegen und verwandelt deinen Lebenssinn zu einem freudenreichen Mir-Entgegengluten. Wie von Engeischwingenwehn bist du geführt zur Güte des Gedeihens an dir selbst, zur Lauterkeit des Seinsgewissens und zur Sicherheit des Absoluten, die dich als gestillte Leuchte über alle Stürme setzt, die Welt und Menschentum durchtosen. Brandung ist kein Übel mehr in Mir. Es schweigt das Schweigen der Unendlichkeit sich ins Gestilltsein von den Weltennöten; Wonne reicht dem Wonnesein die Hand in Meiner Attitüde zum Geschehn und überlichtet alles mit dem Glanz des Ewigen, der mild und fruchtbar, innig und erhaben überstrahlt, was Ich Mir Bin im Wunder der Geselligkeit der höchsten Wesen.

Du bist Aufwall des Empfindens wie glückseliges Vergehen ins seinsgerechte Weilen in den Sphären unbeschwerter Heiterkeit und Ruh.

5.14

Ein Tabu zu brechen, ist nicht schwer, wenn die Gelegenheit dazu von Mir bestimmt wird und schon viele Hähne ihre Hälse unerbittlich nach der neuen Ordnung drehn. Unverständnis muss der ernten, der die Dinge nicht nach Sitte und Gepflogenheiten anpackt, sondern nach dem Willen dessen, was in ihm rumort, so seinsvernünftig und gediegen. Alles Andersartige weckt ebenso die Neugier wie die Wehmut vor dem Abschied von dem Altgewohnten, das so viel versprechend und so wenig haltend den Begriff der Trägheit hütet und verehrt. Was du wollen solltest, ist mit Feuerlettern in dein Herz geschrieben; was du tust, entspricht dem Fortschritt, den du dir errungen in Bezug auf seinsgemässes Handeln und Verstehn.

Biegsam, schmiegsam und an Härten nicht zerbrechend sollst du deine Pfade wandeln nach dem Ich-Befehl, der sich mit Nonchalance und unnachahmlicher Grandezza aus der Seinsbewusstheit und Entschlossenheit erhebt, die du in jahrelangen Kämpfen dir errungen. Darin wirst du ein Andrer, als du warst; es weitet sich dein Sinn zu Sphären allerhöchsten Grades, wo des Menschentums Vollenden dich umgibt und deine Weltgeschwisterschaft beginnt zu tragen. Aus Grün wird Rosenrot, und aus dem Knospensein entfalten sich die Blätter des holdseligen Sich-Vereinens mit der Welt von Schönheit, Weisheit, Licht und zartem Sich-Umfangen.

Bist du so, so bist du wohlgeborgen im begeisternden Gefühl von Seinswahrhaftigkeit, Bewusstheit, Freie, Wonne und Erlesenheit des Ewigen im Glanze des Begreifens. Du trägst nicht minder - als du bist getragen - das Erhabensein in Welt und Wirrsal, steckst die Lichter neuen Rechts in ihren Lüstern an und wirbst um Glauben, Einsatz und Verstehn. Was dich erfüllt, soll künftig andre auch und alle dann erfüllen; was errungen ist, kann niemals mehr vergehn und muss Bereicherung, Erlaben und Erlösen in die Menschheit bringen.

Sichte, was du Bist, und wappne dich im Gang zu Ihm, der aller Liebe Not und Würde muss in sich ertragen. Schalte, walte nach dem Mass des überwältigenden Meers, das dich umflutet, und erweise dich als treu und selig zugleich in der seinsgewissen Weise deines Auferstehns.

5.15

Nett und zierlich zirpen schon die Grillen ihren Seinsgesang dem Abenddämmerlicht entgegen. Wieviel mehr muss sich dein lächelndes Dir-selbst-zur-Seite-Stehn in alle Himmelsherrlichkeit erheben. Bei soviel Wohlgefühl und wissendem Bejahen deines Existierens kann kein Gran von Trübsinn dich berühren, muss das heitere Bei-dir-Verweilen sich zu einem Festakt stilisieren, der kein Ende kennt und weiter, weiter in die selige Ferne stösst, Unendlichem entgegen. Kein Rest von Unmut bleibt hier auszuwischen bei den Sternen der Genügsamkeit und Sagenhaftigkeit in voller Blüte. Kein Mangel wird gelitten in der Fülle des bewussten Übergehns ins Sein der Freude und erquickenden Bewunderungen der Weisheit, die da vor den Herzensaugen aufersteht.

Gelingt es dir, aus deinem Schicksal auszubrechen in Mein Lager der Beständigkeit und Ruh, wirst du den Zauber reinen Seins an dir erfahren, weg vom Weh, und in das volle Fluidum getaucht der Gottesnäh. Du wirst ergriffen von der Seinsdynamik sonderlicher Gnaden, die das All und jede Wirklichkeit bewegt und lässest dich von ihrem Sturmwindbrausen noch so gern durchs Lebenslustige führen, das ihr innewohnt und das allüberall sein Recht will haben.

Du bist der Vorfahr, wie der Nachfahr deiner selbst in Seelengründen, wie in hunderttausend Äusserungen, die dir wunderbar gelingen oder misslich am Triumphweg stehn. Was hallt, muss Widerhall erzeugen, was lacht, kann auch der Träne nicht entbehren, bis der Einzug in die Weiselosigkeit dem Spiel ein Ende setzt und jede Weise in der einen ruht, die sich der ewigen Heiterkeit ergeben.

Was willst du mehr, als deinen Flügeln flugs zu trauen, die dich in unabsehbar weite Weiten führ'n. Was hast du an dir selber denn verstanden, als die Sehnsucht nach erweitertem Begreifen, in das Ich alle Bürgen Meiner Tugendhaftigkeit begleite und ihnen dort ihr Wonnesein bereite, hell und klar. Dein Schweigen will Ich vor dem Unverstand der Welt zur Tat der Seinsgerechtigkeit verwandeln, dir und dem Lebendigen zu Ehren und Gedeihn.

Du willst - und willst du auch in Mir? Ich Bin dein Vater und Berater, und bestärke dich voll Kraft in dem, was du schon Bist und immer willst dir mehr gewähren. Überschaue dein Revier, und sieh darin Mein Angebinde und Begehren, Meines Waltens Anstoss, wie Mein Recht des hoffenden Agierens und des seligen In-meiner-GründlichkeitVergehens.

5.16

Was dir Bildung ist, ist Mir sehr häufig und geläufig ein Zuviel an Wissen und verstandesmässigem Ergreifen der Gegebenheiten. Mit dem Witz des Intellekts durchstösst du nur die Kruste des Humanen, doch in sein Herz gelangst du erst durch liebevolle Anteilnahme am Geschick von Mensch und Welt und im Verlassen deiner Position als Richte; Wissenschaftlicher, Gelehrter und Getäuschter über alle Massen. Was du nicht weisst, wird dir vom Himmel in die Schale deines Mitgefühls gegossen; was du verändern willst, muss innen erst geschehn.

Nun sieh du zu, zuerst ein Lernender zu sein von Herzensgüte, Selbstvergessen und Bewundern der Natur, die sich im Schoss der Weisheit wunderbar gestaltet und ihr Dasein als in seinsharmonischen Gesängen in sich selbst vollzieht. Was hast du hingegen noch der Willkür und dem Wogen des Gemüts hinzuzufügen, bis es sich in Anmut, Wohlerzogenheit und Würde präsentiert, der Grazie der Vollendung hingegeben.

Was dir frommt, sind Schritte, die Ich sacht und seinsgefällig in dir tu', dem brausenden Getriebe einen Sinn zu geben, wie den Wohllaut der Gewissenhaftigkeit und Seelen-ruh.

Losgelöst von eignen Ambitionen, sollst du unverwandt aufs Ganze sehn, das sich aus Mir entfaltet nach Gesetzlichkeit und Wohlverstand der Weisen, die dahinter stehn. Es geht nicht an, dass du der Lenkung dich entwindest und vom Weg der Evolutionen weg ins Irre gehst der selbstischen Bezüge. Ton- und trostlos ist, was die Verirrten in sich selbst erfahren, fruchtbar und gediegen, was die Seinsgerechten inszenieren an der Hand der wirkenden Präsenz des Guten und Erhabenen in ihrem Herzgefühl.

Es steht geschrieben, dass Ich komme als Gesandter

einer Überwelt zu allen, die in Mir den Anfang und das Seinsvollenden sehn. Rate, komm Ich auch zu dir? Es steht in deinem Willen, was Ich Bin zu akzeptieren und geradewegs die Minne zu erfahren, die Ich rings verbreite und den Klang der Zartheit, der von Meiner Harfe ausgeht, um das Eine zu erreichen, das inmitten eines jeden schwebt und schwingt, dem wonnevollen Seligsein entgegen.

5.17

Lauter, gläubig und erhaben werden, ist ein immanenter Seinsprozess, dem letztlich alle unterliegen; denn das Getrübte und Betrübte leidet an sich selbst und will den Druck und das Gesumse tunlichst von sich weisen. Bedürfnis um Bedürfnis hat es sich zu decken und erfährt dabei, wie bald die Über-Deckung ihn am wahren Fortschritt hindert, den er doch so emsig für sich sucht.

Sagen wir: Das Suchen ebnet Meinen Pfad, so liegen wir goldrichtig. Denn zu kommen habe Ich wie eine Morgenröte, wie ein Goldbachrieseln reinen Lichts ins Reich der Seele, wo die wahren Werte dann entstehn und das Bewusst-Sein seinen Einzug hält als Gastgeschenk des Numinosen, dem wir bis zur letzten Faser angehören. Das Zerschlagen unsres Selbstgefühls muss in der Über-zeugung enden, dass wir selbst ein Hochgebenedeites sind, das sich verwirklicht in den Weltenpossen und sich damit hoch und höher trimmt, als es schon war. Das ists, was all dem philosophischen Geplänkel einen Schub verleiht ins Seinsreale, dem das Sternenall sein Dasein schuldet als sein Kleid und sein Entflammen, als die grandiose Offenbarung seiner selbst im Wesen wie im Weiselosen, die wir seinserkennend in uns sehn.

Vom Menschen-Ich zum Götter-Ich ist für die Welt ein langer Weg noch zu beschreiten; vom Bewusstsein des "ich werde" zur Bewusstheit des "ICH BIN" ein unerhörtes Ringen um Bestätigung der letzten Dinge, die wir nur mit Seelenaugen würdig sind zu sehn. Was hier dem einen klar ist, ist dem andern glatte Phantasie und Blasphemie in vol1er Blüte und ein Hintertreiben der Gescheitheit, die so vielen Köpfen Ruhm verleiht und Anerkennung ihrer Geistestaten. Nichts für ungut. Jeder hat so seine Mission und seinen Auftrag an der wachsenden Kultur im Schrebergarten der Vernunft, den Höhere ihm vermieten.

Wer sich da retten will, der rette sich ins Seinsvertrauen und den Willen, gut, bescheiden und gerecht zu sein an allem, was er tut und was aus seinem Wollen sprudelt wie ein Dankgebet. Das macht die Weisen, dass sie niemals mehr sein wollen, als sie sind und dass sie sind, was ihrem Wollen als die Krone aufsitzt in der Sphärenharmonie.

5.18

Keine Wachtel wird bedenken, ob sie Körner findet in der Überlebensstrategie, die ihr zu eigen. Müsste da der Mensch nicht gleichziehn und Vertrauen haben in ein Seinsprinzip, das Leben gibt und will es auch erhalten. Was die Raffgier hier zerstört, ist Menschenschaden; wenn Ängste die Besonnenheit durchkreuzen, Bin Ich nicht im Spiel, es sei denn im Bedauern Meiner Unzulänglichkeit im Seinsgedankenweben.

Willst du, dass Ich dich ergreife und dich zu den Quellen führe Meiner Labsal des Gewissens, mach dich rein von jeglichem Bedenken, und ermanne dich, dem Zug zum Ungewissen nachzugeben, um schlussendlich Mich in dir zu sehn. Dann ist alle Furcht verschwunden; deine Fahne steht auf Vollmast und gebärdet sich wie wild in Meinen Winden des begeisternden Agierens. Du kommst -

und lächelnd komme Ich mit dir in eine Zukunft überwältigenden Garens, in ein Feld des tausendfältigen Erblühns und nach dem Regen in den liebevollsten Sonnenschein in lichten Tagen.

Die Gesetze des Verwandelns der Gedankenbilder in das Wirkliche sind unfehlbar und treiben rosenrote oder finstre Blüten, allwie das Tugendhafte oder Törichte dahinter steht. So seis, dass Ich dich mahnend wählen lasse, was du willst und was du künftig musst ertragen. Lässest du das Gauklerische stehn und wirfst du dich voll Verve in Meiner Arme Bund, weiss Ich dir was von Freude zu erzählen. Du schwimmst feudal im sichern Seinserleben, das kein Übel kennt und die Willfährigen Geschwister nennt in nonchalantem Teilen.

Weisst du, dass du Bist, so fällt dir alles Trügrische wie Schuppen vom Gesicht, worauf du schaust den klaren, reinen, hellen Himmel an in kindlicher Manier und voller Herzenswonne, die dir dann zu eigen. Das Bewusstsein deiner Herrlichkeit lässt dich im Reigen seliger Geister Wonne tanzen und gewährt dir absolutes Freisein, Wünschelosigkeit und Frieden. Ich Bin, Ich Bin, sagst du und weisst dich nicht zu lassen vor Begeisterung am Leben, Weben, Streben und Bewegen, am Unendlichsein und am Bereiten einer Zukunft, die das paradiesische Geflüster wieder kennt, die Fülle des Vereinens aller Gegensätze und den Klang der Harmonie im Freudensang-Verteilen.

5.19

EineAmpel für das Pferdchen, das voll Eifer über alle Schranken setzen will im zügellosen Selbstgebaren. Schalt Ich sie, so wird das Leben mild und sylphenleicht und wunderschön. Ich traue - und du traust dir fabelhafte Dinge zu, die weit über deinem Standard liegen, werkst an Meinem Werke und befiehlst dich an ein zauberhaft Geschmeidiges, das in dir röhrt und turtelt, singt und jubiliert und weiss geschickt nach Meinem Geigenstrich zu tanzen.

Lass Mich fromm sein auch in dir und deinem Mehrwert im Gebärdenreichtum deiner Tage. Was du dir in Mir er-hüpfst, ist wohlgetan, und was du meidest, wird dir bald als Abschaum der Befindlichkeit erscheinen. Regelrecht gehorchen sollst du lernen Meinem Ruf aus Busch und Flamme, aus der Leere der Vernunft und aus dem freundlieben Gelispel, das dir aus der Herzensstille zukommt, unfehlbar von Mir.

Wenn Ich scherze, scherze Ich aus Wohlverstand und Wonne des Begreifens Meiner Eigentümlichkeiten; Bin Ich melancholisch, ists ob Meinen Unzulänglichkeiten im Geoffenbarten Meiner Züge.

Immer zieh Ich Mein In-Not-Geratenes ans Ufer festen Tritts und hilfereichenden Versöhnens. Bund der Liebe, Liebeskunde hats Mir angetan, weil doch in allem Meines Wesens Weite sich verbirgt, um endlich Wiedersehn zu feiern in der Lauterkeit des Seins und im Erkennen Meiner selbst in allen Sphären.

Sein ist Liebe, Licht und Frieden im Befinden der Holdseligkeit, die Ich Mir sanfterweis gewähr. Gereimtheit ohnegleichen strömt durch Meines Himmels glitzernden Azur, und Wonne des Verweilens, zeitlos, lind und wahr, verbindet sich dem Schaun des Ewigen und der vollkommnen Güte, die ihm eigen.

Was Ich finde, finde Ich in Mir, und was Ich fahren lasse, macht Mich leicht und wesenhaft und seinserhoben, heiter und gesellig, makellos und gnädig in der Grazie des Weiselosen.

5.20

Alle Weisheit des Gestaltens deiner Angelegenheiten strömt aus Meiner Hierarchie von Helfern, Rettern und Gewaltigen des Seins im tätigen Umrunden. Du Bist, doch Bist du unausweichlich auch in Mir, der Ich dir Pate bin und Pater, Lügendedektor und Heilsverkünder, Bruder, innewohnendes Konzept und mutiger Vollbringer dessen, was Ich will in deiner Seinsgestalt und deinem wirkungsvollen Sehnen.

Alles mag dir schliesslich schwinden, doch Ich schwinde nie und muss die Segel Meiner Unnachgiebigkeit wie Meines Tändelns niemals streichen. Dein Schrecken ist die Zeit, die nicht zu fassen ist: Im Vorher und im Nachher und im Jetzt, weil sie in Mir nicht existiert, und so musst du dich ihr entstrampeln, bis du ohne ihr Behindern Meines Seiens dich erfreust im unaussprechlich reinen Weilen.

Es kommen und vergehen die Gesetze Meines ewigen Mich-Verwandelns; Welten in Mir bäumen sich im Werden auf und beugen sich und bröckeln und verschwinden wieder. Doch Ich Bin und bleibe Mich als unerschütterliches Phänomen des Selbsterstaunens, als Gebärer, Hüter und Gebieter aller Dinge die da Sind - und wieder von Mir scheiden. Wohl im Wohl Bin Ich im strahlenlosen Glanze Meiner Majestät, wie in der unartikulierten Weise Meines Aufenthalts in Mir als Der und Der, als Ich und Es und als das Weiselose, das in seiner Unschuld Seligkeit verspinnt und Wachheit registriert allüberall, wo sich Bewusstsein findet.

Ich Bin die Stille, wo Gestillte sich umfangen, Bin der Einsamkeit unendlich zartes Weh und schiebe Mich in jeden Seinsgedanken, der da will und will in Mir erstehn. Das Gleichnis Bin Ich steten Wanderns eines Flüsschens in das Meer, die Weise des Verdunstens, wie des Niederschlags im ewigen

147

Mich-Verkreisen in der Dinge Widersprüchlichkeit und Wonne, in der Tage Rauschen und Vergehn.

Ein Lächeln ist Mein Sein, Mir selbst entgegen, eine Gabe steter Heiterkeit an Mein Gemüt und Meines Himmels lichtes Blauen, hinter dem die Sterne sich verbergen und das All sich öffnet als ein Dom unendlich wesenhaften Freiseins und als Krippe Meines aberseligen In-Mir-Beruhns.

5.21

Sicherheit vor allem lässt die Schlösser klirren in des Menschentums Versagen an sich selbst in Meiner Grossnatur. Traust du Gott, so wirst du deinem Nachbar trauen,dass er niemals dich bestielt, als selber sich in dir. Schaustdu alles als die Einheit des Unendlichen an, so wirst du alles auch verstehn als Selbstbezug und Selbstbetrug und Selbstgewinnen, was sich abspielt in den Häuserschluchten und Vereinzelungen der getriebnen Menschenschar. Deinem Bild gemäss von Welt und Himmel, wird sich alles auch vor dir ereignen als arroganter Auswurf oder dich belehrender Bescheid aus höchsten Höhn zu deinen Gunsten und zu deinem flügelleichten Auferstehn.

Hast du dein Widerstreben abgelegt, so weiss Ich dich zu führen wie am Schnürchen, Meiner Huld und Schuldigkeit gemäss im absoluten Treusein zu Mir selbst in deinen Wundern. Achten wirst du auf Mein seinssubtiles Dich-Bemuttern und Begüten nach der Weise unbedingter Weisheit, die Mir eigen. Forschung treibend, wirst du niemals etwas anderes als Mich in letzten Tiefen finden. Wenn du das nicht weisst, wirst du dich unbedingt verhaspeln in gelehrten Argumenten und erklärungslüsternem Gerede, ohne je den Kern zu treffen und die unerschütterliche Wahrheit, die allein Mir zusteht, mitten in der Wechselhaftigkeit des Meinens.

Was Ich begründe, hat den einzigen Grund in Mir. Was Ich in dir für Ziele setze, lässt sich nur in Meiner Überschau ermessen. Nur Gemeinsamkeit des Seins und Handelns hat die Chance und den Charme zu überleben und in weiterwirkenden Impulsen Meines Willens Andacht und Erlauchtheit darzustellen als vollendetes Idol.

Bewahren und Befreien ist Mein Stil im alldurch-flutenden Verständnis Meiner selbst, dem Ich Mich auf Gedeihen und Verderb verschrieben habe auf der Ebene des Daseins in den Donnern und Erschütterungen, wie im allerangenehmsten Sonnenschein an himmelblauen Nachmittagen. Immer wirke Ich Mir selbst entgegen, immer ist Mein Ausgang auch Mein Ende in der Matrix Meiner Seinsphilosophie, an der Ich Meine Wonne, Meinen Glanz und Mein Mich-selbst-Bewundern finde.

5.22

Erwärmen kann Ich Mich am ehsten an Mir selbst, bei soviel selbstgerechtem Wähnen. Schmerzlich ist es, Mein Mich-selbst-Verlassen zu ertragen, wo die Stimmung sich im Nihilistischen verliert und alle Fäden unversehrter Gläubigkeit zerrissen werden. Auf Mich warten muss Ich da, bis aus der Not ein Tugendhaftes aufglimmt und zur Stütze wird im Heilverfahren. Mich selber gut zu machen, tret Ich tag und nächtig an, im Menschental noch das geringste Rufen zu erhören, zu belohnen und mit Wohlmut zu versehn. Es muss die Flamme tiefgefasster Demut gross und grösser werden, bis sie an Mein Sein heranreicht und das wahre Selbst dem Glücklichen sich offenbart. Heil ist er, Bin Ich von eingeschlagnen Wunden, Geheilter im Bewusstsein, dass er Ist in Mir im innigsten Vereinen.

Kein Lüftchen traut sich in die Stillung einzutreten, die im Seligsein besteht und in der Wiederkehr der

absoluten Freude ihr Vollenden findet. Das Benedeite fühlt den Odem der Unendlichkeit mit
duftender Gewähr des Seins in unerschütterlicher
Grazie des Selbstgenügens. Einig mit dem Einen Bin
Ich, weilend, keine Eile mehr und überschaue Mein
Gewissen meisterlich im Geisteswehn. Was sein
kann, ist in Mir geworden; das Gewordene verbreitet
sich ins Allgefühl und heisst die Tiefe an sich hoch
willkommen in der schauenden Präsenz, die überall
gastiert. Bewusstsein schmiegt sich in Bewusstsein
und vollzieht den Akt der Freundschaft, Freundlichkeit und Milde mit dem hingegebenen Pläsier im
allgemeinen Freudentum, in dem Ich wese. Wissender der Sphären Bin Ich, Trauter unvermittelbarer
Harmonie im lichterlohen Mich-Verkreisen im
Allräumlichen, Allträumlichen und Sagenhaften
Meines Seins.

Das Ewig-Gute Bin Ich, die Geschmeidigkeit des
Michim-Nu-Verwandelns in ein jegliches, das Mir
entspringt und Meinem Zug ins Freisein froh
vorauseilt, wie das Hündchen seinem Herrn und wie
die Hoffnung seinem Träger ins erhabne Nimmer-
widerhallen Meines Freudenreichtums - jetzt und
hier.

Grazie der Seinsnatur

6.1

Wer singt das Lied der Freude besser als dein Herz, wenn es nach lebelangem Suchen Mich gefunden hat zu ewigem Genügen. "Ich Bin Mir selbst Gewähr für alles, was Mein Wesen darstellt als gesehn und ungesehn, als Freigeist, Hoffende und zärtliche Verliebte in des Himmels Duft und Strahlen" darfst du dir im Exquisiten frei heraus gestehn.

Ich labe Mich am Brunnen der Gottseligkeit, Bin jeder Grazie des Seinsnatürlichen Gespan und darf Mich in Bewusstheit, Heiterkeit und Wonne - Seinserlöster nennen für ewig und für alle Fülle der Allherrlichkeit, die Mir zu eigen.

Ich geb Mich hin, um Mir zu dienen, wandre durch die Gassen Meines Lebens wie im Taumel der Verliebten, weil der Herzensruf "Ich Bin" Mich schwächt und festigt, aufregt und besänftigt, Mich vor Mir selbst geständig macht und über-schwänglich, voll des Lächelns und voll Zartheit der Gedanken zum Idol.

Wie getrieben Bin Ich, alle Welt mit Liebe, Lieblichkeit und Grazie zu umfangen, dem Ge-schwistertum mit allem freien Lauf zu lassen und in der Schönheit des Sich-frei-Begegnens eine Zierde des Lebendigen zu sehn. Mich baden in den Wundern der Gelegenheiten, gut zu sein, will Ich und will genügsam sein im Fordern, weil Ich alles schon in seinserlesner Fülle angesammelt habe. Was Ich Trost und Tröstung nenne, ist in Mir geschehn; was Freundlichkeit und Milde Mir bedeuten, lässt sich lesen an der Augensterne liebem Strahl.

Gewogensein und sanftes Wogen der Gefühle überhöhn Mein Dasein in die Himmelweiten des holdseligen Weilens in Mir selbst und damit auch in allem, was Ich Bin und liebevoll in Meinem Seien unterweise.

Was Ich höre, hörst du mit, und was Ich herzlich dir gewähre, flicht die Bande des Begreifens in der

Weise, wie die Sonne alles flicht in ihrer Strahlen unnennbare Zahl. Du Bist in Mir und Ich in dir ein einiges Umfangen und Begüten und Behüten in der Weisheit wonnevollen Zueinandergehns. Das Mich-in-dir-Versammeln Bin Ich, als von Mir gegeben und genommen, als erwartet und erhört, als eingefangen und beseligt in der Stille stillen Lauschens und Gewährens, hellen Inneseins und sanften Dich-Vermählens mit dem Wesen Meiner Gottnatur. Du wirst und wirst auf ewig an Mir hangen und im Seinsverlangen nimmer stille stehn. Der Sternenhimmel wird dich licht umkleiden, der Bogen Meiner Würde wird in siebenfältiger Feinheit über deinem Haupte stehn und dich befrieden, seelenvoll und seliglich im Jetzt und Amen der Geschichte Meines Jauchzens.

6.2

Warum,so frag Ich Mich, Bin Ich in dir gespalten in ein Minder und ein Mehr, ein Auf und Nieder und ein sybillinisches Sowieso in deinem Dich-Gestalten? Aufschwung nenn Ich das vom Hoch zum Höheren, vom Ruhn ins Tun und von Potenz zum Reichtum Meines wunderbaren Phantasierens. Steigst du in deinem Denken bei Mir ein, so schwebst du wie in einer Hochbahn über dem gewohnten Treiben und beginnst, die Dinge Meiner Art gemäss zu sehn. Da erkennst du Schritt um Schritt die Weisheit, die sich hinter jeder Wider-sprüchlichkeit verbirgt, die will dem wahren, wachen Fortschritt, der Veredelung und Schärfung des Bewusstseins dienen.

Glaube, Hoffnung, Liebe sind als Förderer der Menschlichkeit in dich geschrieben; Selbstbesinnen als gerader Weg zu Mir und tätiges Gedulden als die Kunst, den Dingen ihren Lauf zu lassen im beschaulichen Darüberstehn. So kennst und nennst du deine Grenzen, um sie dann im Wohllaut deiner Seinsgerechtigkeit zu überschreiten und ins Unermessliche zu gehn.

Da komm Ich dir sogleich und liebevoll im Lichte der Allherrlichkeit entgegen und umfange, was Ich in dir Bin mit Güte des beglückenden Bewahrens deiner Unschuld, in des Lebens stürmischen Versuchen, ihre Macht zu brechen und mit Ungebührlichkeiten zu versehn. Rein Bin Ich für immer in der Mitte deiner Herzkultur; zärtlich dir verfallen, wenn du Meine Zartheit liebst und im Dich-selbst-Verschenken Meine Beute wirst und Meine Zierde, anmutsvoll und wahr.

Den Hobel setz Ich an dich an, dir deinen Edelmut zu stärken und die feinste Knittrung auszubügeln deines streunenden Bewusstseins, dass es Meiner Glätte ebenbürtig ist und Meines Willens Wille und Gespan. Dich umsorgend, steh Ich wie die gute Mutter nächtig auf, dem Seelenhunger Meine Brust zu reichen; im Infamen reicht Mein Trost wie eine Rettungsleine unbedingt an dich heran und zieht dich an die Lande laut'ren Seligseins in Mit Komm auf Mein Schloss, und weide dich am Wunderbaren, das Ich dir voll Güte in die Hände leg; bewahre dich im Guten, und erfahre, wie die Träume deines Herzens eilig und geschmeidig sich ins Wirkliche vertun, dein Glück zu wirken und dein inniges Dich-selbst-und-Mich-Begreifen.

6.3

Zum Heil geboren und zur Helle des Bewusstseins in den Sphären, träufle Ich dir Sanftmut ins Gewissen, Siegessicherheit und langen Atem vor jedwelchem Weh. Auf Entdeckung geh Ich in dir aus und hole Mir die Palme von so vielem, was Ich inniglich schon weiss, nur kann Ichs schwerlich repetieren. Ich staune, wieviel Fleiss und Schweiss im Menschentum darauf verwendet werden muss, um Zug um Zug der Funktion der Zellen und der allerkleinsten Seinspartikel auf den Schlich zu kommen. Das ist wunderbar beachtlich und erklärt gar manches manchem in der angetroffnen Lebenssituation. Penibel wird es, wenn die All-Sezierenden erklären, alles habe sich von selbst gebildet, aus dem Simplen das Entsimpelte, aus Doofem das Gescheite und aus Würmchenhaftem selbstbewusst des Menschen weltbeherrschendes Idol. Wer kann von sich selber sagen, dass er Ist, wenn Ich nicht wesenhaft in ihm Mein Zelt und Ziel gefunden habe. Wer mag ins Unendliche sich erheben, wenn er Mich nicht als das Sein in ihm erkennt und seine Einsicht nach dem richtet, was Ich Bin in ihm und seinen Ambitionen. Klugheit ist nicht Weisheit, und Gerissenheit zerreisst die feingeflochtene Textur, die Ich verwalten und erhalten will in jedem Seelensein als Ausdruck Meines Mit-Mir-Spielens. Nach dem Sinn befragt, erwidre Ich, dass nur das Schaffen reiner Schönheit Mich beflügelt, es zu tun. Auf das Stochern in den Tiefen philosophischen Begründens weiss Ich nur den Rat: Lasst hinter euch, was von Gelöstheit nur zu neuen Rätseln führt, und löst das grosse Unbekannte auf, indem ihr übend und vertrauend Meines Innewohnens euch versichert und Geschwisterschaft in allem seht, statt mit der Rute sturer Selbstgerechtigkeit die Andersgläubigen zurecht zu weisen. "Erbarm dich meiner" heisst, dass Ich in Meinem eignen Schoss Erbarmen suche. Erbarmen finden kann Ich nur in Mir. Dann weiss Ich und erfülle das Verlangen, eins zu sein mit Mir und Meiner unaussprechlichen Behutsamkeit im Keimen, Weinen, Reimen und Vereinen. Ich in Mir und allen Seienden als Rohprodukt und Fülle des Vollendens, als schattenhaftes Huschen und als blanker Vollblut-Sonnenstrahl, als Teil und Ganzes, als Erhebendes und Niederträchtiges, wie als das

feierliche Mit-Mir-selberMich-Versöhnen. Welten-
ende wie Ins-Weiselose-Mich-Verduften sind das
Eine, das Ich Bin und das in unvermittelbaren
Freuden Lichtheit Ist, von Klarheit, Reinheit, Unbescholtenheit und Sanftmut ein Idol. Nicht Weben -
Sein ist wonnevoll in Mich geschrieben; reden
nicht - des Schweigens Raumgewissen fuhr Mich an
und träufelt Anmut, Lieblichkeit und Zartheit des
Vereinens in das zeitenlose, hocherhabne und
glückselige Mich-selbst-Verstehn.

6.4

Vorsprung vor Mir selber brauch Ich nicht zu
fürchten, weil Ich immer dort Bin, wo die einen
meinen schneller, stärker, wissender und reicher als
die anderen zu sein in ihren Demonstrationen. Meine
Würde ist Bescheidenheit des Allerhöchsten, Mein
Regieren ein Mir-selbst-Gehorchen und Mein letzter
Gruss ist wie der erste: Seinsharmonisch, wohlerwogen, licht und schön.
In dir wandle Ich den Pfad des trauten Miteinan-
der-Teilens; Meine Rechte weiss, was deine Linke
tut. Ich tröste dich als Übermächtiger des Heilens
und spende dir Vertrauen, Heiterkeit und unbe-
dingten Mut.
Was in Mir ruht, kann nicht verderben; Gefallenes
muss unbeschadet wieder in Mir auferstehn, und was
Ich säe meisterlich in dunkle Erden, wird mit Mir in
den reinsten, hellsten Himmel gehn.
Beliebst du, dich in Mir zu wandeln, wandle Ich, was
deinem Wesen zugehört; Ich Bin dein Wirken und
dein Handeln, in einer Minne Gottes unerhört.
Hast du dich ganz an Mich verschrieben, so schreibe
Ich in deinem Seien und Gezelt das Lobgedicht, das
vom Hienieden aufs wohlgefälligste in Meine Höhen
fällt.
So bleib denn wahr die frohe Kunde, dass Ich in

allem alles Bin, und eile unverzagt von Mund zu Munde, als segenvolle Heilsverkünderin.

6.5

Wahrhaftigkeit und Weisheit eines reinen Herzens will Ich vor Mir wandeln sehn. Wie leicht wird Mir, wenn nichts als das Vollkommene und Heile Meinen Sinn bewegt, und Mein Bewusstsein weiss, dass Ich dies ja schon immer Bin in Meiner Gottnatur und Meinem Selber-MichBerufen. Wie die Sonne strahlt Mein Innesein hinaus in weitgesetzte Fernen; von Myriaden Sonnen hallet wieder, was sich zu einer Aberfülle Lichts vereint, in der Ich Bin und wese.

So geh Ich preis, und preise Ich Mein zartestes Geheimnis, so verflute und vereine Ich Mein Sein und halte helle Zwiesprach mit Mir selbst im Meer von Seinsgelassenheit und Frieden. "Über allen Wipfeln ist die Ruh", ist hier zu sagen; über dem Vergorenen die Süsse eines Tranks aus makelloser Quelle und aus saftigem Arom, dem Ich das höchste Wohlgefühl und die von allem losgelöste Heiterkeit verdanke.

Bin Ich Mir der Friede, Bin Ich auch die Weise des Vereinens aller Gegensätzlichkeiten in dem Einen Meiner Hochkultur und Meines überwältigenden Sagens. Meiner Weisung folgen, ist ein Spiel des Seinsvertrauens und des wissenden Allein-Begehrens der Allherrlichkeit, der Ich schon immer auf Gedeih, Verderb und lichterlohe Sehnsucht angehöre. Mehr als Neigung ist das endliche Mich-Fallenlassen in den Abgrund der Verheissung reinen Lichts und reiner Freude in der Gottnatur. Unendlichkeit des Seins im Raumesschweigen Ist Mein Dasein, seliges Verstummen Meine Antwort auf die Frage nach dem innigsten Geheimnis, das die Welt bewegt.

Und komm Ich noch und doch zurück, so kann es nur Mein Alles-Sein bedeuten im Natürlichen und Kreatürlichen, das Ich Mir Bin und dem Ich Meine ganze Liebe, Meine Hoffnung und Mein Wohlgewissen weihe. Ungetrennt und Unverlassen ist, was Ich Mir in den Wesen all bedeute und was Mein ist, wie der Mutter ihres Kindchens Eigenart, wie der Kern in transparenter Schale, wie das Pochen Meiner Herzlichkeit im Raumverschweben.

Hüte, was du hüten kannst im Seelenkämmerlein von dem, was Ich dir sage, und sei in dir der Losgelöstheit friedevoller und gezeichneter Gespan.

6.6

Mass für Mass und Meisterschaft für deine Müh will Ich dir geben. Ich gestatte dir, Mich selbst zu sein als Wandelung in deinem Streben und als Ausdruck deines innigsten Gefühls. So lebst du froh und absichtslos in Meinen Landen, entwickelst, was sich vordem wie Gespinste um dein Sein gelegt und lässest deines Freiseins Wohllaut um dich spielen.

Ich umfange dich in zärtlichem Verlangen, erweise dir die Gunst, dich ganz dem Augenblick dahinzugeben, der dich dem Ewigen verpflichtet und über deinem Haupt den Segen des Unendlichen versprüht. Bezeichnen will Ich deine Stirne mit dem Chrisam Meiner Huld und Schuld an dir, dich in die Ränge der Gesalbten und Gesundeten zu führen. Gelobt sei deine, Meine Sittsamkeit im Grünen des Begreifens aller Lebensdinge als von Mir gewagt, gegeben und gestillt im Weihegang der Zeiten.

Wünschelos geworden, anempfehle Ich Mich der Glückseligkeit, die Mich beseelt im Raumverschwingen und gewähre Meinem Sein die Ruhe der Erhabenen, die lächelnd und genügsam ihres Weilens Wunderwerk vollziehn.

Mein Zuletzt wird immer auch Mein Anfang sein in

Glorie und Entsagen. Meine Macht wird sich verströmen vom getürmten Hochgebirg ins Tal, um, sich vergebend, die Gefilde Meines Dieners zu benetzen und mit Wachstum zu versehn. Auf und Nieder, hin und her vollbringe Ich des Seinsgewaltens Werk, Bravour und Kühnheit zu beweisen. Meiner Sterne Raumgewissen ist ein Zeichen Meines aber-willigen Gestaltens und Bewahrens, Meines Meine-StätteFindens überall, wo Strahlendes geschieht und Überbordendes und Lauteres im emsigen Zusammenwählen. Wie die reine Schönheit breite Ich Mich aus und schmücke Meine Schwingen mit gelassnem Übermut des unablässigen Vollendens. Niemals halt Ich Meine Stimmung an. Gespanntheit wie Gelöstheit halten sich die Waage in der ewigen Wiederkehr von Seinslust und Ergeben, von Gewinnen und Verlieren, von Popanz und unerbittlichem Verrieseln.

Ich Bin und weiss in Weisheit über Meine Kräfte zu verfügen, setze hier gekonnt den Hebel an und lass es dort auch tunlichst bleiben. Wirkung stösst zu Wirkung und vererbt in Meinem Seinsgesang zur equisiten Ruh im Himmelblauen und Beschaulichen der Sphären.

6.7

Makabres stösst Mir auf und nötigt Mich, den Geistesblick zu wenden, Besserem und Lieblicherem zu. Es geht nicht an, dass Ich Mich selbst beschmutze, willentlich und wissentlich in Meinem Vor-Mir-selber-Auferstehn. Gewirkte Maschen will Ich nimmer fallen sehn, und so halt Ich das Erreichte in der Definition, die Ich von ihm gewonnen als gesäubert und gelungen, als erwartet, eingetroffen und bewahrt und als Inbegriff des Guten, das sich Mir eröffnet, wunderbar.

Ich traue Mir Geschmack und Unterscheiden zu,

Verlässlichkeit und unbescholtnen Willen zur Vered'lung des Bewusstseins von Mir selbst als Eingepfropftes in ein Höheres und Höchstes von des Himmels Gnaden. Ströme reinsten Lebens seh Ich in Ihm auf und niederwärts pulsieren; Lichtheit sondergleichen fasst Mich an und trägt Mich ins Verkären von sovielen Meinungen zur einen, grandiosen, unfehlbar.

Was Ich an Sanftmut Mir gewonnen, trag Ich in Herzenseinfalt liebvoll durch das Niemandsland, dem Ich zuzeiten angehöre. Ferment und Hefe soll es sein im Allnatürlichen, den Sinn zu wecken für wahrhaftiges Erheben und Erleben Meiner Seingewissheit, wonnevoll und wesensfroh. Das Wohlgeraten an Mir selbst gewinnt im Formen Form und Tiefe, Transparenz und Weisheit des Gelingens nach dem Urbild von gelassner Schöne und berückender Dressur. Ich Bin Mir selbst genug, darf Ich dann von Mir sagen, Bin anderweitig nicht beschäftigt, als mit makellosen Seinsgedanken und mit Meinem überwältigenden Glücksgefühl im silberhellen Mich-Begnaden.

Rasch im Laufen, unbewegt im In-Mir-selbst-Beruhn, Bin Ich dem Maledetten unbedingt entronnen und gebärde Mich wie ein vollkommen Losgelöster vom Gesellentum mit Ängsten, Katastrophenperspektiven, Unmutsarabesken und Verhinderungen des Erwarmens an der Lebensharmonie. Ich deute Mein Bedeuten als gerecht geworden in der schicksalsschweren Strategie des Aufstiegs und der Gipfelrast im Himmelblauen. Fromm und ganz in Mich versunken, hisse Ich die Siegesfahne über Mir und trage Mich ins Buch der Ebenbürtigen in Glanz und Strahlen.

6.8

Meine Meierei ist abseits hingebaut vom Tal der Häuserklumpen in die luftig leichten Höhn, wo sich die Sonne über Nebel breitet und die Stille ihren Sang vertönt. Was Ich von dort erwandre, mutet jederman wie science fiction an, der nicht Gespür entwickelt hat für Mein Gebaren und Gewahren in den Zonen heller Übersinnlichkeit, die sind Mein Königreich und Meiner Seinsbeständigkeit Revier. Getrost erleb Ich dort Mein eigentliches Menschenspiel als Frei-Gewordner von Verblendung und Intrigen. Ich lasse zu, was Mich betrifft, als Gastgeschenk von höchster Stelle und als Morgengabe an die eigene Natur, die sich im Sein befindet auf der Götterspur.

Der Billigung gewiss, vergebe Ich Mein Wissen einer Welt von Ungewissheit, Willkür, Zorn und Zagen, die die Meine ist im untergründigen Rumoren. Licht der Schatten, Ruf des Widerhalls Bin Ich in allen seinslebendigen Belangen, die Mein Anhang sind, Mein scintillierendes Gewissen und das Brot des universenweiten Mich-Versuchens, das Ich immerfort verzehre. Nimmer satt und seinsgestillt zugleich, ein Dinosaurier des Strebens und ein stillgewordener Geniesser Bin Ich Mir im Zählen Meiner Eigenschaften, die ins Ungezählte, Ungeborene und Unerhörte reichen, ins Geheiligte und Schuldige, ins Fabelhafte und ins Blöde, ohne je dem Ende zuzugehn.

Nur, dass Ich über allem Meiner Eigenwürde Thronen nicht verlasse, Mein allmächtiges Geheimnis niemals preisgeb und bewusst und willig Rätsel über Rätsel produzier - um Meines Inneseins Gehalt und Meiner Absicht syllogistisches Getriebe. So komplex wie Ich ist nie etwas gewesen, so einfach im Begründen Meiner Ich-Natur wird niemals etwas sein, woher es immer kommen mag in Mir. Das heisst: Ich kann Mich jederzeit zu Meiner eignen

Trautheit und Vertrautheit tatenfroh erheben, kann die Wüste des Vertrocknens füllen mit Behendigkeit im Rieseln und mit Säen, Wachsen und Erblühn. Totgeglaubtes strotzt wie eh und je von Seinslebendigkeit und siegessicherm Strahlen, passt ins Bild der Unvergänglichkeit, die Mein ist als ein Schatz von unzählbarem Wert im Rascheln der Gebeine und Verschrobenheiten.

Ohne Makel Ist, was Ich zu allen Zeiten in Mir seh und was Ich, satt von Anmut und Geselligkeit, mit allem was Ich Bin, vereine.

6.9

Hilf dir selbst, so helfen dir die Geister der Vertrautheit mit dem Schicksal aller Seinsvertrauten unter dem Azur. Etwas in Bewegung bringen heisst: Den Anstoss leisten, um dann auf dem Karren lustig mit den andern durch die Welt zu ziehn. Um das Lichte sammeln sich die Helferkräfte wie die Motten um den Docht und lassen sich vom Glanz des Leuchtens zur Genossenschaft verführen. Deine Taten wecken Mich in dir zu Nutz und Frommen und verhelfen dir zur allerreinsten Liaison, die man sich denken kann mit Meinem wissend klugen Wesen in der Geisterstunde des Gedeihens und des Minnesangs in der Verschwiegenheit der Kemenate Meines Dich-Verwöhnens.

Es fallen dir die Lider zu, derweil die Meinen in dir aufgehn und die Dinge deiner Welten mit dem Blick des Ewigen betrachten, der da ruhig, sachlich, liebevoll und heiter seines Amtes waltet im durchdringenden Verstehn. Nichts weiter hast du hier zu tun, als schweigend, was Ich Bin und will in dir, zu registrieren und Mein Botenkind zu sein für was Ich sagen und bewirken will im Lebensspiel.

Gefällig sind die Seinsgefälligen den Augen, die gerechtes Handeln schätzen und dem weiterführenden Verstand die Stimme in die Urne legen. Gern sammelt sich Gefolgschaft um den Weisen, der von Meiner Warte aus regiert und Widerstände mit der Kraft der Überzeugung bricht, die Ich ihm eingegeben. Holde, goldne Tugend ist vonnöten, um die Ränge Meiner Trefflichkeit und Würde hochzusteigen und in allem Mein Verdienst und Meine Wissenschaft zu sehn. Nur Geläutertes kann sich in Meine Himmel heben, nur der Abglanz der Vollkommenheit kann Meiner sich vergleichen und in einer Saga gottgefälliger Taten froh mit Mir einhergehn als ein Held und Herold des gedeihenden Elans.

Mich erheitert, was Ich Bin im Seinsornat der Vollen Meiner Fülle und bestätigt Mir die Echtheit Meines Wirkens in den Hintergründen des Natürlichen, an dem die Dinge Halt und Hefe, Richtigkeit und Richtung finden, unbedingt und eben.

Meisterschaft im Grünen nennt sich Meine Remedur des Seufzens in der leeren Wabe und des Stocherns in der brüchigen Kontur. Nur Ich kann füllen, heilen und mit Honigseim versiegeln in der Stunde der Gefahr und kann die Dinge lösen von sich selbst im allerköstlichsten und liebenswertesten Verneigen.

6.10

Seinsgelöbnis im betrachtenden Gebet ist Meiner Stunde Wohlerwogenheit und Ruh. Es scheiden sich die Geister, wo Ich als ein Bollwerk der Gerechtigkeit im Lebensstrome steh und Meine Bürgen auf die Seite des Gehorsams, der Gewissen-haftigkeit und Freudenfülle führe. Entscheidendes steht dir bevor an jedem Tage deines Durch-die-Zeiten-Gehns, und scheiden musst du von den Dingen, die dich in den Daseinsstrudeln niederziehn. Gehab dich wohl und wolle, was du weisst, will Ich dir sagen, flüstern, stammeln und posaunen, bis du respondierst: "Nur in der Gottheit kann Ich rechtlich, redlich, reinlich und geruhsam Mich erleben."

Ich mache Mich von allem Zweifeln los, indem Ich Bin, was Ich Mir scheine und bekräftige entschieden das Gelöbnis der Enthaltsamkeit von allem, was Mich haar- um haarbreit ins Verderben zieht. Dem Ignorieren folgt das Intonieren eines Dankgebets von sagenhafter Dichte des Gefühls im Lieblichen der Sphären. Gesammelt auf Mein Eigentum, bewahre Ich der absoluten Güte Gegenwart im Seinsgewissen und empfange mehr und mehr. In meisterlicher Demut neige Ich Mich unter das Erfülltsein von der Fülle Meiner Gaben und erlächle Mir zutiefst das Gotteswohl. Im Stand der Gnade gleite Ich voll Seligkeit durch Mein Mich-selbstBegründen und erreiche, was Mir zugehört im Schall der Pauken, Zimbeln und Trompeten, wie der rosenroten Grazie der Harfenklänge im geneigten Ohr.

So wird der Schauplatz Meines Schauens Mir ins Herz verlegt, und was sich darin Mir verduftet, steigt in weihevollen Dünsten in Mein Sinnen und Bestehn. Das Lindenfarbene verbindet Mich mit aller Lieblichkeit des Daseins in bezaubernd luftigen Höhn und gibt dem Ahnen Raum von mildem Liebelichte, das Mich rings umhegt und Meines Schrittes Zögern schlicht zum Tanze ladet im herzinnigen Umfangen.

Das ist, was Ich Mir biete auch in dir im Absprung von der Sehne reinen Sehnens, in der Seinsbegeisterung, die Mich erfüllt und in der grossen Labsal, die Ich im Vertrautsein mit Mir selbst geflissentlich, geheimnisvoll und lieb erfahre.

Trau dem Einen alles zu, und sei, vom Dornenröschenschlaf erwacht von Meinem Kusse, ewigen Umfangens Wonne und Idol.

6.11

Berufung an die Stelle göttlicher Gewähr will Ich dir ins Gewissen legen, will den Sinn dir lenken auf das Überragende, das dich beseelt, von Meiner Warte aus gesehn. Vom einen Geiste kommend, einem Geiste zugetan und seiner Werke Typograph Bist du beredtes Zeugnis für die immanente Seinsverbundenheit, von der Ich rede. Da hilfts dir nicht, den Unbescholtnen zu markieren, der vom Mir in ihm nichts weiss und der bar jeder Ehrfurcht durch die Tage tollt als Affront seiner selbst und seiner seinsgeheiligten Kumpanen. Es nützt nur redliches Sich-auf-sich-selbstBesinnen, eine Ich-Schau sonderlicher Süsse, die den Massstab fein zurechtrückt und das Hoch und Niedere im rechten Lichte zeigt dem Frommen.

Ahnung über Ahnung steigt Mir ins Gewissen von der Unverletzlichkeit der innersten Struktur, die seinsharmonisch, heil und hell das Wahre Meines Wesens darstellt und die Schwinge, die im Aufwind Gottes zu den Sternen eilt im Raumumgreifen. Winzig und erhaben, eine Einzigkeit in Mir, dem Tölpel und Gelehrten, Kindischen und Wunderkind zugleich im Seinserkennen und -benennen, offenbar. Allein das Wahre zählt, da kannst du Mir von Wahrheit weiss was alles noch erzählen. Weiss Ich Mich, so Bin Ich aller Weisheit tatendurstiges Genie und unterweise Meinen Hofstaat in den Fächern Fernblick, Nahblick, Geisterrollen und geziemendes Benehmen nach der Art der Menschengöttet die in Meinen Diensten stehn.

Gezielt, doch ohne noch zu zielen, wirke Ich das Treffliche in Meiner Herrschaft und erhalte Meine Güter nach Gesittung und Moral und nach der Überlegenheit des Überlegens.

"Dona nobis pacem" flüstert Mir die Stimme Meiner Seele ins Gewissen und besänftig allzu rauher Winde Wehn. Die Bürde des Gestaltens und Verwaltens leg

Ich nieder und ergreife Meiner eignen Anmut luftig, duftig Wesen, minne-voll und zart, die Hingegebenheit zu üben. Was Ich denke, lenke, überlasse Ich dem innigsten Gefühl, um ganz in Zärtlichkeit zu schwimmen und Gelehrsamkeit am Augenblicke des Versöhnens und Verwöhnens vor dem dichtenden Altar. Behutsam leg Ich, was Ich Bin an Götterpracht, darnieder und erlebe in der Niederkunft der Seinsbeglückung Meiner Sendung einzigartiges Arom, bar jeden Prunks im Sinn der weiselosen Schlichtheit, die Mir eigen.

6.12

Worte wahren Friedens sind nicht immer schön. Es mehren sich die Zeichen, dass der Friede nur in hartem Kampf errungen werden kann. Ich züchte Kämpen, die jedwelcher Arglist mit dem Schwerte der Wahrhaftigkeit entgegentreten, die sich vom Illusionsgebräu nicht täuschen lassen und treuevoll Mein Bild der Unverzagtheit und der Siegessicherheit im Herzen tragen.

Was Ich will, kann keiner hintertreiben, worein Ich Mich vertiefe, trägt den Stempel des Beginnens und Gewinnens in demselben Stoss. Wer stellt sich nicht auf Meine Seite, wenn er weiss, dass jede andre schon verloren hat in ihrem Buhlen um Gewinn und Macht und um das Nicken der Bewunderung im Kreis der Götzendiener. Ich wache auf in deinem Wohlgewissen und behebe jeden Mangel, der dich anficht, radikal, geschmeidig und präzis, dass nichts zurückbleibt als dein strahlend Siegerlächeln über dem Gezänke.

Darf der Mensch das Glück noch pflegen, mitten in des Unheils Pfuhl? Ja und Amen. Was Ich spende, macht das Leben stark und liebesfroh. Wen Ich mit Begeistrung fülle, strahlt der Werkgemeinschaft der Gestrandeten Gelassenheit und Mut, Verlässlichkeit und Sinngehalt entgegen, die sie locker machen und gewillt, ihr Schifflein wieder in die See zu ziehn, um es den Wogen der Gefährdung preiszugeben.

Sieh über dir den Stern, der Hoffnung blinkt und Wohlverhalten im Gestürm der Illusionen und der allbegehrenden Gewandtheit der Verführer und Verführten. Ich kenne Meine Pappenheimer und gewähre ihnen Aufschub, einmal, zweimal, immer wieder, bis sie sich besinnen und verdutzt am Irrweg stille stehn. Dann beginnt der lange Rückzug, heim in die Heilsgemächer Meiner rettenden Gewähr. Ich grolle nicht, verteile festliche Gewänder und empfange das Verlorne wie die Tochter, wie den Sohn in Meiner Arme freudigem Umfangen unter Fahnenwehn und Harfen-spiel und köstlichen Gesängen, die die Seele in Verzückung setzen und Verwunderung in alle Winde sä'n.

Heimkunft heisst: In Mir das Ende finden und den Anfang des glückseligen Auferstehns in Mein Erwarten und Begüten und Begaben mit dem Leicht-Sinn der Allherrlichkeit in Meiner Hochburg wonnevollen Weilens.

6.13

Sanftmut, Stille und Gelassenheit sind Meines Hierseins ständige Begleiter in des Herzens bräutlichem Gemach. Viel zu vergelten ist an irrgeleitetem Besinnen in der Weite eines neuen Daseins, das in Harmonie und Anmut des Empfindens sich vollzieht und ebenbürtig ist dem Weilen im Elysium in gottesgnädiger Manier.

Die Sinne schweigen, derweil Ich aufersteh und Mich behaupte gegen alle Widerstände innerer und äussrer Art, die Mich bedrängen. Friede ist nun da, und zarte Sommermeerluft des Erlöstseins darf Ich atmen. Wie die liebe, lautre Unschuld hüpf Ich durch die Gassen Meiner Lebensinbrunst und gestehe Mir

den Wandel ein, der mit Mir ist geschehn.
Da weiss Ich: Hier im Innern ist gut leben; in der Güte eines Herren steh Ich da, der Ich Mir selber Bin und dessen seinswahrhaftige Züge wie die lichte Sonne scheinen ins Gemüt des Vielgetrösteten und Reingefegten in der Lebensschule Klaren.
Aus dem Dämmerschein des Unverstands Bin Ich ins helle, heile, heitere und hochwillkommene Gewirk der Göttlichkeit gestiegen, das im Allumfangen alles stärkt und segnet und behütet, was sie selber sich bedeutet in der Einheit aller Dinge im Allhier. Gelassenheit und Würde zieh Ich an im Ausziehn aus der Robe der Gelahrten. Demut weiss Ich Meinem Sosein zu verpassen in der Welt der Bruderschaft mit allem, was da kreucht und fliegen lernt im Hoffnungsstrahl.
Was Ich Mir bringe, ist der Freiheit liebliches Gesumse um die hochgestellten Ohren; was Ich mit Begeisterung verseh, ist Meines Fortschritts Überragen und Ertragen, ist der Zuversicht Verlangen und des Hingegebenseins Kalkül. Froh im angeschirrten Streben, lächelnd in der Prozedur der Tagesmühn, erreiche Ich den Saum des ewigen Glänzens und den Teich des friedefertigen und samtnen Findens Meiner Ruh.
In seligem Mich-Besinnen strahl Ich Mir Unendlichkeit entgegen und erlange im vollendeten Geführtsein alle Fülle des Allherrlichen, die Mich umflutet und umfängt und Mich in Wonne lässt ersterben.
Trink, o Quelle, trink Mich in dein Strahlen, und erlass Mir alles Eigensein in Deinem Meer von liebelichtem Frieden.

6.14

Gehorsam bis zum Tod will heissen, dass die Sinne schweigen müssen vor dem lichten Auferstehn der Gottheit, die Ich Bin in Mir. Vom Adler wird gesprochen als dem König reiner Lüfte; von Mir selber sprech Ich als Gewinner der Unendlichkeit, in der Ich wese. Gewaltiger der Sphären tret Ich strahlend aus der Enge Meiner selbst hervor und überwalte Meines Weltbilds Harmonie in schauender Präsenz und fabelhaftem Überragen.

Gefahren wend Ich ab in Übereinkunft mit dem Herd, der sie gebiert; Erbauliches lass Ich sich selbst gewähren. Über jedes Zornigsein erhaben, fahr Ich wie der Blitz in jeden Zwist und lenke und bedenke die Parteien auseinander in geduldig seinslebendiger Manier. Ich weise die Gesinnung jedes Einzelnen dem Range zu, der ihm gebührt und lass ihn dort sein Los erleben. Läut'rung des Bewusstseins hebt ihn Stuf um Stuf hinan und führt ihn jung und jugendfrisch zu neuen Räumen.

"Was ich denke, Bin Ich Mir", darf jeder von sich sagen; "was Ich fühle, fühlt in Mir Unendlichkeit im Rauhen wie im Milden, das Ich Mir erweise". So ist alles mit dem All der Dinge unfehlbar verbunden und beeinflusst in sich selbst mit jedem Federstrich den Gang der Weltnatur als Hemmnis oder Hochsprung, Leistung oder Lahmen.

Gewinn ist, was zurückführt in des Seins bewusstes Insich-Weilen. Mir gegeben und gewohnt ist dann das gottesräumliche Gewahren Meiner selbst als Ursprung und Gesetz, als Machtwort und Gelingen, als erhabne Milde wie als Tat zutiefst empfundnen Mitgefühls. Ungebundenheit ist Meiner Fabel schönste Farbe, Unermesslichkeit Mein Götterseiens Stil. In jedem Fall bewahre Ich Mich stets im Guten, versende aus der Fülle Meiner selbst des besten Ratschlags Aussicht und des überragenden Erreichens Ziel.

Mir frommt, zu beten mit den Frommen und zu rasen mit den Wilden der Vergänglichkeit und Tücke, die im eignen Saft zugrunde gehn. Bewohner Meiner eignen Zelle, fühle Ich Mich wohl im Schweigen und wahre Anstand Meiner Neigung gegenüber, wahrhaft froh zu sein und fein gebacken als Mein eigen Brot des Lebens und gepriesen als Begründer einer hocherhabnen Seinskultur.

6.15

Gelind gesagt ist unerhörte Müh vonnöten, bis Mein Plan der Pläne seine Wirklichkeit erfährt und jeder fliehende Gedanke Haltung findet im Konkreten, das Ich vor Mir seh. So meide Ich den Tadel an Mir selbst und trage dem Erreichten Rechnung in der Strategie der Neugier, die Mich stets zu neuer Liturgie beflügelt in des Priestertums Gestalten.

Werken ist auch merken, wo die grösste Aussicht auf Erfolg sich findet im Berufsjahr, das Ich absolviere. Dann mag wieder alles Handeln ruhn und alles händelsüchtige Agieren. Losgelöst am Hof der Weisheit, pflege Ich dann Wohlverhalten in Gefühl und Wille und überschlage den Gewinn, der aus der Forschheit der Gedanken resultiert im abenteuerlichen Mich-auf-alle-Äste-Wagen. Viele So-Nicht werf Ich in den Tigel des Vergessens, um Mich dem Gelungnen zuzuwenden, das bei weitem überwiegt und Meines Soseins Kräfte ehrt und stählt zu neuen Interventionen.

Das Seinsbewusste regelt in sich selbst das Soll und Haben der Vergänglichkeit und rettet alles Taugliche ins Reich des Unverweslichen, des Freudenreichtums und des fürstlichen Erlabens. Schliesslich Bin Ich Mir Mein eigenes Idol und lausche, lächle, fächle Meinen Schicklichkeiten Anerkennung zu in weit und weiterm Mich-Verkreisen. Edelmütig will Ich sein und Meines eignen Vorbilds Installieren in den Hallen des Geschicks, die Ich Mir zur Erbauung auserlesen.

Mögen manche reisen, reisen ohne Rast und Säumen, so weiss Ich am gediegenen Verweilen

Nutzen und Geschmack zu finden. Seligs Plätschern der Gedanken macht Mich froh, und süsses Mich-Erinnern an erhebende Gepflogenheiten deckt Mir den Bedarf an Unterhaltung im gekonnten Götterstil, dem Ich zu huldigen Mich erkühne.

Alles ist gekonnt in Mir, und jede Regung des Gewissens atmet das gewisse Etwas, das bezaubernd in der Luft liegt, wo auch immer Ich Mir in der Welt erscheine. Webend, strebend und vergebend trachte Ich Mein Gutes zu bewahren und des sanften Wachsens, Weckens und Beförderns Unterpfand zu sein im Wechselgang der Zeiten.

A und 0 des Wissens ist das Seinsgewissen, das Mir wunderbarerweis zugrunde liegt und das Ich Mir im Menschentum als ellenlangen Fechtens, Rechtens, Knechtens und Befreiens Ziel erwähle.

6.16

Mageren und blassen Jahren müssen fette und dezente folgen in der Alchemie der fliessenden Gewässer und Gepflogenheiten, die Ich Mir zurechtgelegt. Es wallen, Wogen, gleiten die Gezeiten über Meeresweiten hin in Meinen Rhythmen, Meinem Aufwall und harmonischen Zerfliessen. Alles Laute heb Ich an und lass es sich im Äthermeer verklingen. Dem Bezaubernden verleihe Ich die Kraft zum Scintillieren, der Wehmut Meines Schattens Schwinge in der Tage Wucht und Wehn.

Was ist denn Zeit im grossen Fluten, dem Ich ewige Wachheit unterleg, derweil die Meinen nach dem ersten Augenaufschlag bald, so bald im Frieden wieder aus der Welt entschlafen? Was der Fluss der Generationen, die Mir Zeuge sind der Unerschöpflichkeit des Lebens, das Ich Bin und das in zeitenloser Schlichtheit seinen Dienst versieht an allem, was da Ist und was Ich in die Schauer der Geschichte impulsiere?

Klage nicht den Mangel an; Dahinter steht die Fülle Meiner lodernden Präsenz im Ewig-Guten, das sich wie ein roter Faden durch den Wiegegang der Evolutionen zieht und Seelenaufschwung leistet, wo das Irdische versagt und Tröstung, wo die Weltendinge sich im Wirrwarr ihrer selbst verlieren. Du bist nie knapp an Gütern, wenn du Meinen Reichtum angeknabbert, nie um dich verlegen, wenn dein innigstes Gefühl dem Meinen sich vermählt und Trautheit erntet von der Art der liebevollen Selbstverständlichkeit, in die Ich Meine grösste Hoffnung lege.

Unverwandt schau Ich Mir selber zu im grandiosen Wachsen an Mir selbst, das Räume, Träume, Schäume und Verfestigungen einschliesst, um sich mählich wieder bis ins Weiselose aufzulösen, das Ich über allem Bin und bleibe im beseligten Mich-von-Mir-selbst-Enthalten. Wo sich keines Fingers Fiber mehr zu Ruhmestaten rührt, wo sich kein All der Dinge mehr und keine Räumlichkeit dem Nichts entwindet, da Bin Ich in Reinkultur Mein eigen Wesen, Meiner Hoheit Gegenstand und Meines Seins Ergriffenheit im Andersartigen, von dem die Weisen Kunde haben und die Wissenden ihr Morgenbrot beziehn.

Ich Bin und schenke klaren Wein in deine Gläser, tränke dich mit Zartheit des Erinnerns an dein einzig Wohl und deine Wonne des Verweilens in bewusster Heiterkeit und Harmonie.

6.17

Gebenedeit Bin Ich in Meinem Kommen, Bleiben und Verwehn. Wer Ohren hat, versammle sich vor Mir in innigem Lauschen und suche zu ergründen, was Ich vorzutragen Mich erheb. Jeder Laut von Mir sei deiner Wissenschaft ein Denkmal der Beständigkeit im Tauschen, Rauschen, Auferstehn und

Lebenskraft-Versprühn. So du wirkst, verwirke dich in Meinem Namen, so du strauchelst, strauchle über Meinen Hochbefehl, dich aufzurichten an der Stele des Vergessens, um in Meiner Sinnkraft weiter durch die Tagesflut zu waten.

Mein Erbarmen ist allgegenwärtig in der Wohlfahrt, die Ich allen gönne, wenn sie Meine Seinsgerechtigkeit nicht hintergehn. Immer fördernd, immer mahnend und begütigend erweise Ich Mir selber Reverenz in den verständigen Seelen, die voll Mitleid ihrer darbenden Geschwister Elend liebevoll zu lindern suchen. Bin Ich selber doch in Nöten, wo Behinderung besteht, und gewähre Ich Mir Trost, wo eine Hand in schwebender Behutsamkeit die Labsal wahrer Freundlichkeit verbreitet und ein leis vergebnes Wort der Wunde Heilung bringt, die ein geheimnisvolles Schicksal eingeschlagen.

Sich kümmern heisst: Dahinter den Beweggrund für das Offensichtliche erkennen und für seine Wohlfahrt in das Innerste zu gehn. Was du findest, kann nur Ich sein in jedwelchem Ding und Wesen, was du anrührst, rührt Mein Herz, du magst es wissen oder nicht in deinen Aktionen.

Nun geschiehts, dass zwei genau dasselbe tun in ganz verschiednen Winkeln einer faltenreichen Welt, was zeigt, dass alles Eines ist in Mir. Denn Meine Fibern des Begreifens können sich nicht trennen, wenn sie noch so weit und flüchtig auseinandergehn. Mein Sinn gilt allem, was da Ist und Mein Mich-selbst-Erhalten wägt und wirkt in jeglicher Struktur.

Wozu denn Ängste mit dir tragen, wenn Ich Meines eignen Heils Gebieter Bin in dir? Wozu dich sorgen, wo doch Meine Sorgfalt dich umflutet und dein Sein als Meines sich erweist in gleichgewichtiger Schöne? Es adelt dich, in allem Meines Hierseins Wesenhaftigkeit zu sehn und dieser Einsicht und Bereicherung gemäss zu handeln und den Horizont zu sichten, der sich vor dir öffnet als die wundervollste Perspektive und der lichterfülltste Ausgang der Geschichte, den du dir erwünschen magst.

6.18

Was bedeutet dir das Farbenfeuerspiel am Abendhimmel in den reichen Herbsten deiner Anteilnahme am Geschehn? Mich in Aktion ist es, als Leben und lebendiges Mich-an-die-Gegenwart-Verspielen. Was du.nur von aussen siehst, Bin Ich von innen als der Träger und Gestalter der bezaubernden Gebilde, die vor deinem Staunen hin und wider gehn.

Allem trag Ich so den eigentlichen Wert entgegen; alles atmet Meinen Hauch, wenn es sich noch so still verhält in seinem leisen Sich-Verfluten. Trete auf, und schon trittst du auf Mich und weisst es kaum zu schätzen, dass Ich deinem Fusse Stütze bin und deinem Bleiben Unterstand und Wohl. Ich trage Mich, indem Ich dich ertrage, in ein Künftiges von grosser Sendung und gesteigertem Elan. Verwirklichung heisst, was Ich an dir leide, Vergeistigung, was Ich an deinem Wesen tu', um zu Mir selber Mich zu führen.

In Wehen Bin Ich stets, um Meine Ideale auszutragen, in Ängsten und in Nöten um das endliche Gelingen dessen, was Mir in Gedanken längst gelang. Was du dir vorstellst, ist ein Abbild Meiner bildnerischen Bonität und feines Sich-Verebben Meines Kraftwalls in dein Noch-nicht-ganz-Verbundensein mit Mir. Feiner Trost zugleich, dass du in vielem noch Erbauung, Steigerung und Vornehmheit erreichen wirst, was Mich betrifft, in deinen Aktionen.

Lernen ist ein lebelang und viele noch dazu in dein Gemüt geschrieben und entspricht dem aberwerdenden System, das Ich begründet habe. Traue Meiner Weisheit alles zu, was dich und alle überkommt im

Seinsgewirke, und verschwöre dich dem Wachsen an dir selbst und an dem Vielerlei der Welten und Gelüste, die dich frei und frech und friedevoll umgeben. Meide dich, wo Unmut aufkommt im Gefüge, und erbaue dich an Mir soviel du kannst und magst in zartem Immerwiedersehn.

Das Träfe Bin Ich im Verhandeln und Verwandeln, das Bezeichnende im Reigen aller Zeichen, die dezent und wohlgesetzt am Wegrand stehn. Ich Bin Besonnenheit und Sanftmut im Gebieten, wie im mütterlichen Nachsehn, deiner Unbeholfenheit zulieb.

Sternengüte ist in Meiner, über deinem Haupt erschienen, und Glanz in deinen Nächten, als von Mir beschrieben und gesetzt zum Sinnbild uner messnen Sehnens.

6.19

Wer darf das Selbstbewusstsein eines Gottes in sich tragen, wenn nicht Ich, als Träger der Gerippe und Gebundenheiten, als Begründer der Errungenschaften einer Welt von Protzen und Proleten - und Vermittler wahrer Kunde von der Wissenschaft des Seins, in der Ich wese. Makellos im Sonnenscheinen, mit Mir selbst vertraut, gewähre Ich, statt zu begehren, lass Ich los, statt krampfhaft festzuhalten und bewahre Mich im Ewig-Guten, ohne nur ein Körnchen einer Trübsal auszustehn. Rein Bin Ich in höchsten Graden, nie verwesend, unversehrt und adlerfroh. Keiner Machart frönend, nenn Ich ein Sensorium von wunderbarer Dichte und Verfügbarkeit Mein eigen, weide Mich am Summen Meiner seinsharmonischen Errungenschaften und erlabe Mich am Sosein, hell und hier und wahr.

In sich selber graziös und zierlich sind die Ideale, die Mich schwebeleicht durchziehn und in keinem Punkte hängenbleiben an bestimmter Formung und blockierendem Befehl. Alles in Mir ist dezentes, ungehemmtes Fliessen sagenhafter Kräfte in des reinen Spielens Mission, in dessen Glanz Ich Meine Zeitenlosigkeit verwiege.

Deine Wirklichkeit ist fehl am Platz, wo Meines Sinnspruchs Wehn sich auflöst, eh es recht begonnen, wo das Kränzewinden blattlos vor sich geht und weder Ländereien noch Gewinste Mich beschäftigen in Meiner Euphorie der Stille, der Ich sphinxenhaften Lächelns unterlieg. Meinen Adel führ Ich nicht zurück auf adliges Geborenwerden; Meines Künstlertums Genie erklärt sich aus sich selbst aus Urgrundgründen und gefällt sich nicht darin, von irgendwem gesäugt zu werden.

Jede Stelle Meines Mich-Verschweigens mach Ich in sich selber schön. Seins-Oasen Meiner Güte steck Ich aus und weil' in ihnen wie und wo es Mir gefällt in himmlischer Behutsamkeit und überirdischem Ein-jedes-Ziel-Versäumen. Endlich sag Ich Mich von allem los, was Wesen ist und Bin, Gekrönter Meines Wonneseins im Allgefühl und in der meisterlich befriedeten Gottseligkeit der Sphären.

6.20

Der Zug zum Numinosen trägt dir Früchte ein von unverweslichem Geschmack und immanenter Süsse fabelhaften Mundens. Bleibst du nur auf Meiner Fährte in der Redlichkeit des Anspruchs auf Mein Ziel, so holst du dich allmählich heim in ein Bewusst-sein wahrer Schöne und Verbindlichkeit mit Mir. Du steigst in freiem Unterfangen auf der Jakobsleiter auf und nieder, himmelan und wieder in die menschenfreundlichen Tiefen, Meiner Weisheit allen Webens zugetan.

Von Meinem Bleiben gehst du aus und kehrst in Meine Herrschaft wieder; vom Unbewussten ins Bewusste führ Ich Meinen Anhang, prägend, seinsvollendend und aus freien Stücken als Mein Werk und Meiner Sinnlichkeit Gefieder. Bin Ich Mir die Pflanze, staunst du ob der farbenreichen Vielfalt, die Ich produzier; Bin Ich Kind und Mensch und Mädchen, Ritter, Stürmer und Galan, so bilde und erbitte Ich Mir Schönheit, Unversehrtheit, Traulichkeit und Milde in die Weltenstube, wo das Viele abläuft als von Mir gegeben und bewahrt, verloren und im Wiederfinden mit der Freude ausgestattet, die ihm auch gebührt.

Einen Griff ins Leere tut, wer Mich nicht finden will im Überall der Welt und ihren Szenen. Dauernd setz Ich hin und spreche an und zieseliere bis zum Meisterstrich, was Ich Mir vorgenommen und in kühner Absicht in den Werdelauf gebracht. Alles hat sein Recht und seine Würde, wo Ich Mich ans Sein verpfände und Gehorsam und Verständnis mit Gediegenheit belohn. Was immer Ich erwäge, wiegt die Mühe auf, die sich ergibt aus dem Bewegen und Gestalten, dem Erwarten und Enttäuschen, dem Empfangen und beglückten Vor-dem-endlichen-Vollenden-Stehn.

Was Ich wirke, wirkt die Welt in abergrandiosen Zügen. Wem Ich auf die Schliche komme, schleicht sich allbeschämt davon und trachtet nach der Kraft der Seinsbeständigkeit im Gutsein und im gütigen Sich-Vergeben. Bist du Meiner Liebenswürdigkeit Gespan, so lächelt dir das Künftige wie Milch und Honig, wie die lautre Liebe, wie die Unschuld reiner Hoffnung still und tugendhaft entgegen und versieht dich mit der Wonne der Erlösten und Getrösteten in Mir.

6.21

Ausgebuht und unverstanden Bin Ich doch das Elixier des Lebens in jedwelcher Wirklichkeit, die Ist und die Ich mit Behendigkeit und Kühnheit,

Wurzelkraft und Feste und dem Duft des Unerforschlichen begabe. Ich verteile, sammle ein und
sichte, was Mir Mein Talent beschieden hat an
hochpolierter Weisheit, Hunnenstärke, porzellan'ner
Grazie und siebentausenfältigem Vereinen Meiner
Gegensätzlichkeiten.
Wunder kenn Ich nicht, weil Ich die eine, wahre
Wirklichkeit für Mich gepachtet habe, weil Ich
weiss, wo Unberufene nur naseweis vermuten.
Glückauf für was Ich wissentlich und willentlich
zutage fördere; Gewinn für Meine Seinsmanie in
jedem noch so zähen und riskanten Unternehmen.
Ich hadre nicht mit Mir vor dem Misslingen eines
siegessicheren Kalküls, weil das gesamte Meines
Wollens jeden Fehlschlag haushoch überwiegt. Ich
rechte nicht mit denen, die nicht wollen, weil sie sich
selber richten im Abseits der ehernen Gesetze, die
sich als In-sich-Gefasstes eigenständig in der
Menschheit etablieren. Brummen hilft nicht viel, nur
sich mit Vehemenz befreien von den innern
Zwistigkeiten und Verlogenheiten, die dem Wahren
Meiner Glorie im Wege stehn.
Dann springt alles und besinnt sich, was Ich Bin, in
seelenvollem Achten der Verbindlichkeiten und in
laufendem Vermehren der Substanz, die Meines
Wesens Sein bedeutet und Mir-selbst-Gerechtsein in
untrüglicher Manier. Ich hoffe, halte und verliere
Mich in Meinen unermessnen Gründen, lalle,
lausche, locke, stocke und zerfliesse, wie es Mir
gefällt im unaufhörlichen Mich-Verwandeln-
und-Verschandeln, Meinen-Daseinszug-Maskieren
und   Doch-immer-im-Vollendeten-und-ewig-
Wahren-vor-Mir-selber-Stehn.
Des Liebens Meiner Stärken wie der Schwächen ist
kein Ende in der philanthropischen Verständigkeit,
die Ich Mir stets zugute halte. Des Siebens Meiner
Ungeschicklichkeiten werd Ich wahrhaft froh im
Allraum Meiner Siege, wie im Märchenschmuck des

zärtlichsten Empfindens, den Ich Meinem Seelensein ins Brautbett lege.